서울대 한국어+ Workbook

서울대학교 언어교육원 지음

장소원 | 김수영 | 김미숙 | 백승주

1B

서울대학교출판문화원

머리말

前言

《서울대 한국어+ Workbook 1B》는《서울대 한국어+ Student's Book 1B》의 부교재로, 주교재로 이루어지는 학습을 보완하기 위해 개발되었습니다. 어휘와 문법을 다양한 상황 속에서 연습해 보고 복습 단원을 통해 종합적으로 정리해 볼 수 있도록 하였습니다.

어휘는 사용 영역과 환경을 고려한 문제를 제시함으로써 실질적인 사용에 잘 활용될 수 있도록 하였고, 초급 과정에서 한국어를 배우면서 문장을 구성할 때, 더 나아가 담화를 구성할 때 목표 문법을 정확히 활용할 수 있도록 배려하였습니다. 이때 어휘와 문법이 포함된 문장이나 대화는 기계적인 연습에서 시작하여 실제 상황에서 활용할 수 있는 유의미한 대화로 연계될 수 있도록 함으로써 교실에서의 학습이 실제 언어 사용으로 바로 연결되도록 하였습니다.

또한 두 단원마다 복습 단원을 배치함으로써 학습 내용을 점검하고 정리할 수 있도록 하였는데, 복습 단원에는 TOPIK 형식의 어휘와 문법을 익히는 문제, 듣기 문제, 읽기 및 쓰기 문제, 말하기 활동과 발음 복습 등을 담아 과별로 익힌 언어 지식을 확인함과 동시에 통합적인 복습을 하는 단계로 활용되게 하였습니다.

이 책이 나오기까지 정말 많은 분들의 노력과 수고가 있었습니다. 1~6급 교재의 개발을 위한 사전 연구부터 시작해서 전체적인 작업을 총괄해 주신 서울대학교 국어국문학과 장소원 교수님, 1급 주교재와 워크북의 집필을 총괄한 김수영 교수님과 김미숙, 백승주 선생님의 노고에 진심으로 감사드립니다. 또 1급 워크북 전권의 내용을 일일이 감수해 주신 김은애 교수님, 영어 번역을 맡아 주신 이소명 번역가와 번역 감수를 맡아 주신 UCLA 손성옥 교수님, 그리고 멋진 삽화 작업으로 빛나는 책을 만들어 주신 ㈜예성크리에이티브 분들 그리고 녹음을 담당해 주신 성우 김성연, 이상운 선생님께도 감사드립니다. 1급 워크북의 문제들을 하나하나 풀며 검토해 주신 송지현, 이수정 선생님과 2022년 봄학기에 미리 샘플 단원을 사용한 후 소중한 의견을 주신 1급의 강수빈, 강은숙, 민유미, 신윤희, 이수정, 조은주, 하승현, 현혜미 선생님께도 진심으로 감사의 말씀을 드립니다. 마지막으로 한국어 교재의 출판을 결정하고 물심양면으로 지원해 주신 서울대학교출판문화원 이준웅 원장님과, 힘든 과정을 감수하신 관계자분들께 깊이 감사드립니다.

2022년 8월

서울대학교 언어교육원 원장

이호영

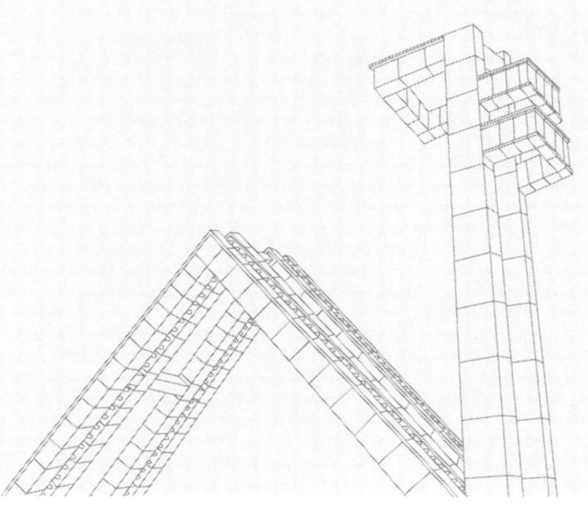

《首爾大學韓國語+ Workbook 1B》是**《首爾大學韓國語+ Student's Book 1B》**的輔助教材，用來補充主要教材的學習。引導學習者在各種情境下練習單字和文法，並且利用複習單元完成總整理。

詞彙部分根據使用領域和環境提出問題，以利學習者應用於真實情境中；文法部分考量韓語學習者在初級課程中造句的能力，以及進一步完成對話的能力，使其能正確運用目標文法。而課本中包含單字和文法的短句或對話，先從反覆的機械式練習開始，一步步引導學習者運用於實際情況中，創造有意義的對話，如此便能讓課堂中的學習與實際語言使用串聯起來。

此外，本書每兩個單元安排一個複習單元，有助於學習者檢驗與整理學習內容。複習單元內有TOPIK題型的詞彙題和文法題、聽力題、閱讀及寫作題、會話活動和發音複習等，學習者可以再次檢查各個單元所學的語言知識，同時運用於綜合複習的階段。

本教材的出版，有賴許多人的大力協助。真心感謝首爾大學韓國語文學系張素媛教授從**《首爾大學韓國語+》**1到6級教材開發前的研究開始，全權負責所有編寫作業的完成，以及1級主要教材及Workbook總主筆金秀映及金美淑、白昇周老師的盡心盡力。也要感謝對1級Workbook全書內容仔細審訂的內部審查委員Kim Eun Ae教授、負責英文翻譯的Lee Susan Somyoung譯者、負責審訂英文譯文的加州大學洛杉磯分校（UCLA）Sohn Sung-Ock教授，以及加上優美的插圖，讓本教材更引人入勝的YESUNG Creative公司職員，和負責錄音的配音員Kim Seongyeon、Lee Sangun老師。另外，還要感謝實測1級Workbook所有問題的Song Jihyun、Lee Sujeong老師，以及2022年春季學期提前採用試用單元，並且給予寶貴意見的1級課程Kang Subin、Kang Eunsook、Min Youmi、Shin Yoonhee、Lee Sujeong、Cho Eunjoo、Ha Seunghyun、Hyun Hyemi老師。最後，誠摯感謝首爾大學出版文化院的June Woong Rhee院長決定出版這本韓語教材，並且給予大力支援，也感謝編寫、出版過程中付出辛勞的所有人。

2022年8月
首爾大學語言教育院
院長 李豪榮

일러두기 本書使用方法

《서울대 한국어+ Workbook 1B》는 《서울대 한국어+ Student's Book 1B》의 부교재로 9~16단원과 복습 5~8로 구성되었다. 각 단원은 두 과로 구성되어 있으며 각 과는 '어휘 연습', '문법과 표현 연습'으로 이루어져 있다. 복습은 '어휘, 문법과 표현, 듣기, 읽기, 쓰기, 말하기, 발음'으로 구성되어 있다.

《首爾大學韓國語+ Workbook 1B》是《首爾大學韓國語+ Student's Book 1B》的輔助教材，由9~16個單元和5~8個複習單元組成。各單元又分為兩課，每一課有「詞彙練習」和「文法與表現練習」。複習的內容包括詞彙、文法與表現、聽力、閱讀、寫作、會話和發音。

각 단원에서 학습 목표로 삼는 '어휘'와 '문법과 표현'을 제시하여 학습할 내용을 파악할 수 있도록 하였다.

各單元提示所要學習的「詞彙」和「文法與表現」，以利掌握即將學習的內容。

어휘 詞彙

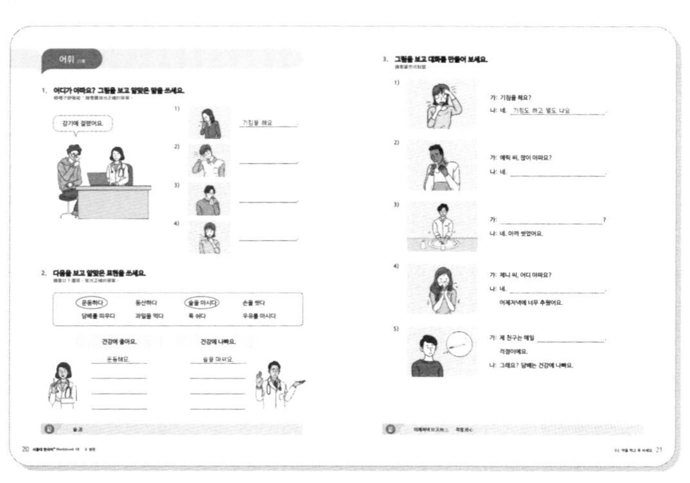

주제별로 선정된 목표 어휘의 의미를 확인하고, 사용법이나 연어 관계 등을 익히며, 문장이나 대화 단위의 어휘 연습을 통해 어휘 사용 능력을 향상시킨다.

檢視各個主題的目標單字和意義，熟悉其使用方法與前後關係等，並透過短句或對話中的詞彙練習，提升學習者單字使用能力。

문법과 표현 文法與表現

형태 연습부터 문장 연습, 대화 연습, 유의미한 연습까지 단계적으로 구성하였다.

循序漸進完成文法形態練習、短句練習、對話練習，再到有意義的練習。

형태 연습 形態練習

목표 문법의 활용 형태를 연습하게 한다.

首先練習目標文法的使用形態。

대화 연습 對話練習

제시어나 그림을 활용하여 상황이 드러나는 짧은 대화를 구성하게 한다.

運用提示詞或圖案，完成呈現情境的簡短對話。

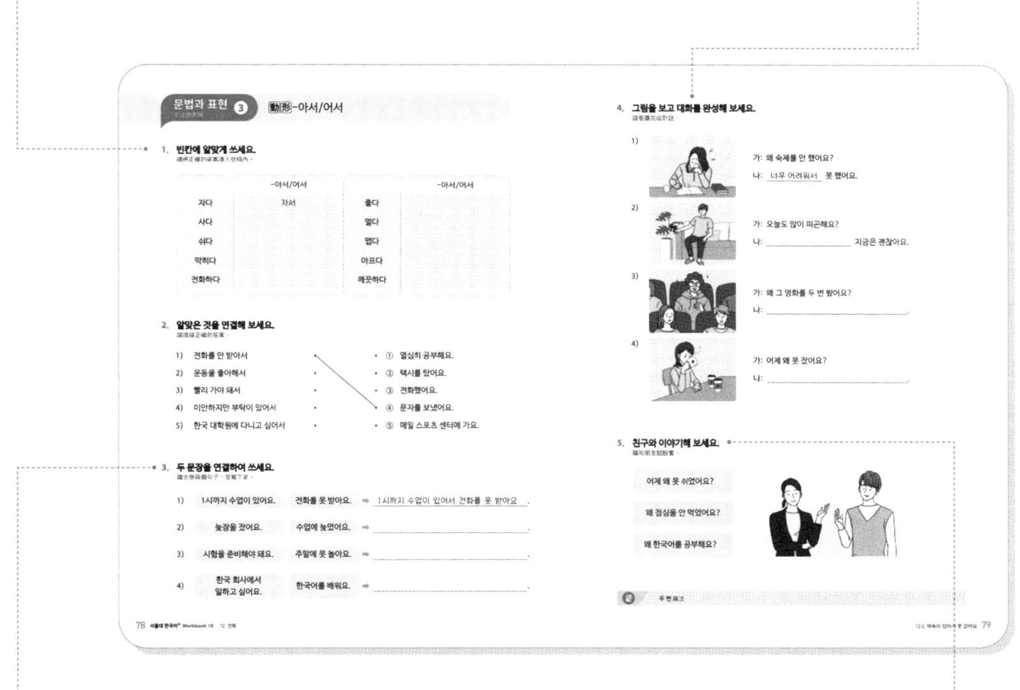

문법과 표현 3 動形-아서/어서

1. 빈칸에 알맞게 쓰세요.

	-아서/어서		-아서/어서
자다	자서	좋다	
사다		멀다	
쉬다		맵다	
막히다		아프다	
전화하다		깨끗하다	

2. 알맞은 것을 연결해 보세요.

1) 전화를 안 받아서 · · ① 열심히 공부해요.
2) 운동을 좋아해서 · · ② 택시를 탔어요.
3) 빨리 가야 돼서 · · ③ 전화했어요.
4) 미안하지만 부탁이 있어서 · · ④ 문자를 보냈어요.
5) 한국 대학원에 다니고 싶어서 · · ⑤ 매일 스포츠 센터에 가요.

3. 두 문장을 연결하여 쓰세요.

1) 1시까지 수업이 있어요. 전화를 못 받아요. ⇒ 1시까지 수업이 있어서 전화를 못 받아요.
2) 늦잠을 잤어요. 수업에 늦었어요. ⇒ ______.
3) 시험을 준비해야 돼요. 주말에 못 놀아요. ⇒ ______.
4) 한국 회사에서 일하고 싶어요. 한국어를 배워요. ⇒ ______.

78 서울대 한국어+ Workbook 1B 12 전화

4. 그림을 보고 대화를 완성해 보세요.

請看圖完成對話。

1) 가: 왜 숙제를 안 했어요?
나: 너무 어려워서 못 했어요.

2) 가: 오늘도 많이 피곤해요?
나: ______ 지금은 괜찮아요.

3) 가: 왜 그 영화를 두 번 봤어요?
나: ______.

4) 가: 어제 왜 못 잤어요?
나: ______.

5. 친구와 이야기해 보세요.

請和朋友說說看。

어제 왜 못 쉬었어요?

왜 점심을 안 먹었어요?

왜 한국어를 공부해요?

두 번 兩次

12-2. 약속이 있어서 못 갔어요 79

문장 연습 短句練習

제시어나 그림을 활용하여 문장을 구성하게 한다.

運用提示詞或圖案造句。

유의미한 연습 有意義的練習

문법을 활용할 수 있는 유의미한 상황을 제시하여 학습자들이 스스로 이야기해 볼 수 있도록 한다. 이러한 연습을 통해 문법 사용 능력과 의사소통능력을 함께 향상시키고자 하였다.

提示可以運用文法的有意義的情境，引導學習者主動開口。透過這樣的練習，將可同時提升文法使用能力與溝通能力。

복습 複習

두 단원마다 제시되는 복습에서는 각 단원에서 학습한 내용과 연계하여 어휘, 문법과 표현, 듣기, 읽기, 쓰기, 말하기, 발음을 영역별로 복습할 수 있도록 구성하였다.

每兩個單元安排一次複習，將各個單元內學到的內容串聯起來，讓學習者可以複習單字、文法與表現、聽力、閱讀、寫作、會話、發音等不同領域的能力。

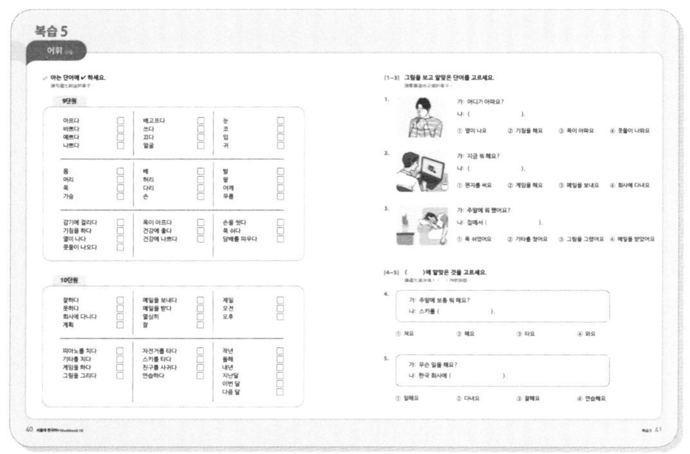

어휘 詞彙

목표 어휘 목록과 함께 문제를 제공하여 학습한 어휘를 재확인하고 연습할 수 있도록 하였다.

提供目標單字目錄和題目，有助於檢查和練習學過的單字。

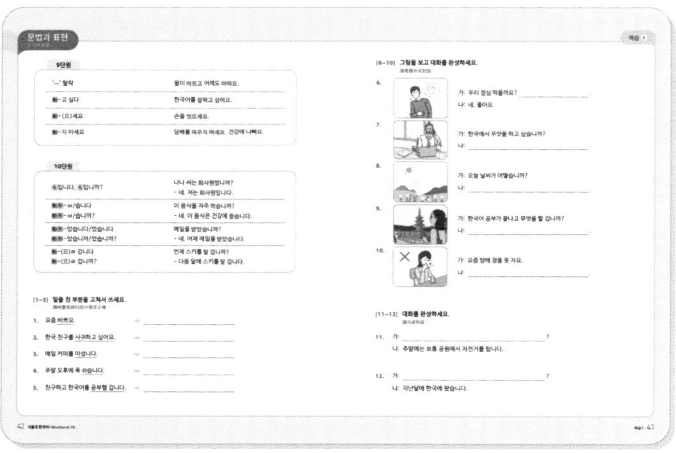

문법과 표현 文法與表現

문법과 표현의 각 항목을 예문과 함께 제시하여 학습한 내용을 확인할 수 있도록 하였다. 또한 다양한 형태의 문제를 제공하여 각 항목의 의미와 용법을 재확인하고 연습할 수 있도록 하였다.

提示文法與表現的各種類型和例句，有助於掌握學習內容。此外也提供多樣的題型，幫助學習者再次檢視和練習各類型的意義和用法。

듣기 聽力

학습한 주제, 문법과 표현에 관련된 다양한 내용의 듣기 자료를 문제와 함께 제공하여 학습자의 이해 능력을 향상시키고자 하였다.

提供有關學習主題、文法與表現的豐富聽力資料及問題，提升學習者的理解能力。

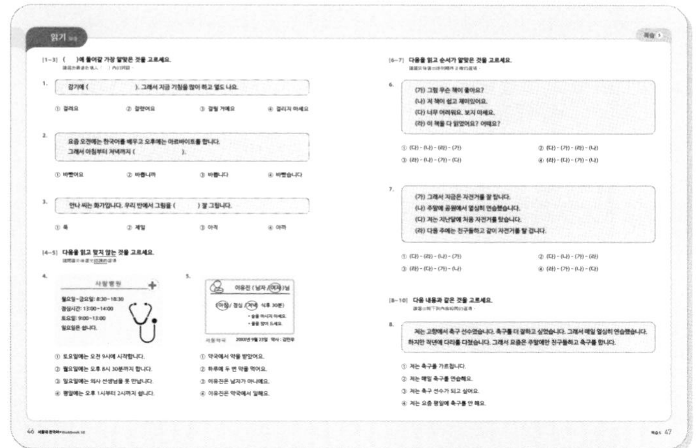

읽기 閱讀

학습한 주제와 관련되거나 학습한 목표 어휘와 문법이 포함된 다양한 텍스트를 문제와 함께 제공하여 이해 능력을 향상시키고자 하였다.

提供有關所學主題或包含所學目標單字和文法的各種閱讀文本和題目，提升學習者理解能力。

쓰기 寫作

읽기의 마지막 텍스트와 관련된 주제 중심의 쓰기 연습을 통해 담화 구성 능력을 향상시킬 수 있도록 하였다.

以閱讀的最後一個文本為主設計題目，透過寫作練習提升學習者的言談能力。

말하기 會話

말하기 1: 학습한 문법과 표현을 사용하여 질문에 답을 하는 과정에서 문장 구성 능력을 기르도록 하였다.

會話1：利用所學文法與表現回答問題，藉此培養造句能力。

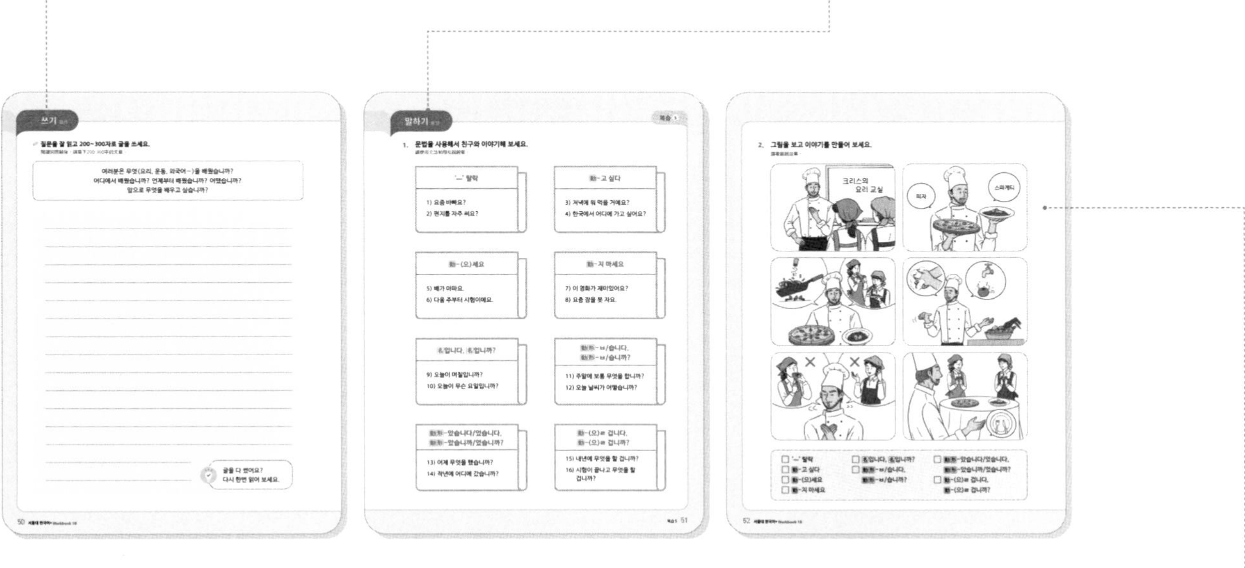

말하기 2: 그림을 보고 제시된 상황에 적절한 어휘와 문법을 사용하여 이야기를 만들어 보는 과정에서 담화 구성 능력을 기르도록 하였다.

會話2：使用符合圖案情境的單字和文法構思故事，藉此培養會話能力。

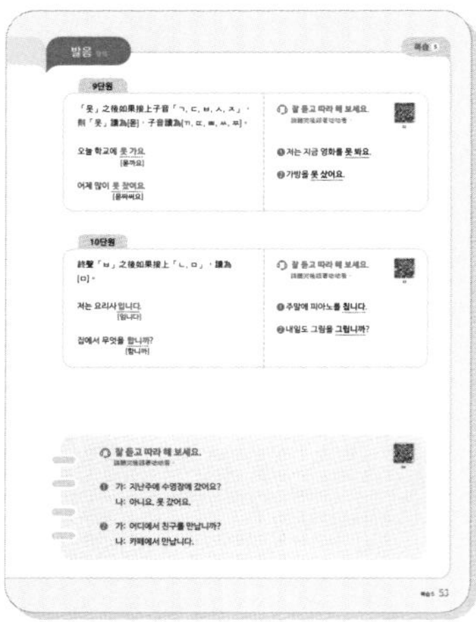

발음 發音

학습한 발음을 정리하고 추가 연습을 제시하여 발음의 정확성을 향상시키고자 하였다.

整理所學發音並提供補充練習，藉此提高發音的正確性。

부록 附錄

'듣기 지문'과 '모범 답안'으로 구성된다.

分為「聽力原文」和「參考答案」兩部分。

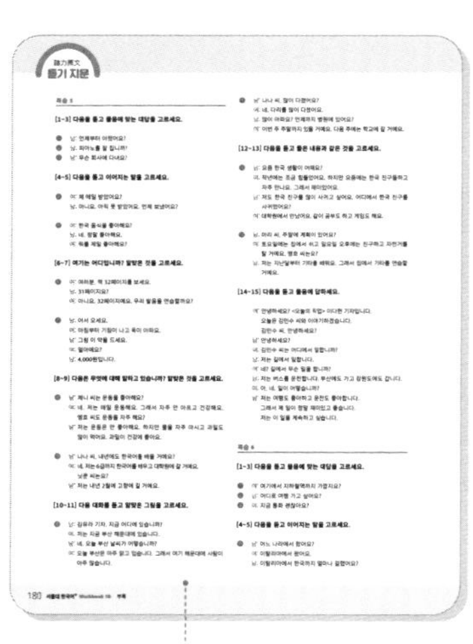

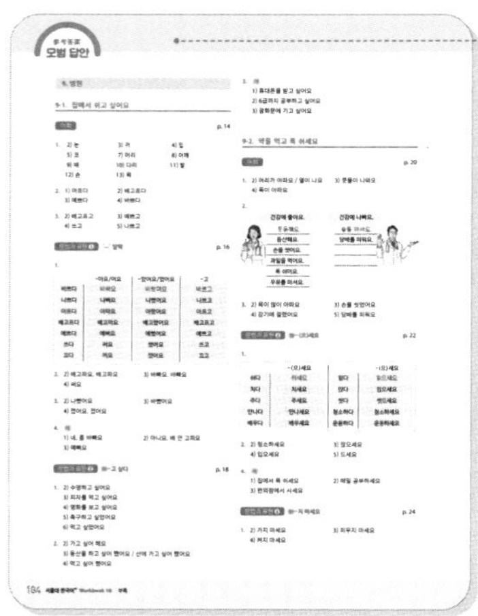

모범 답안 參考答案

각 과의 '어휘, 문법과 표현' 문제, 복습의 '어휘, 문법과 표현, 듣기, 읽기, 말하기' 문제에 대한 모범 답안을 제공한다.

提供各課「詞彙、文法與表現」問題，以及複習「詞彙、文法與表現、聽力、閱讀、會話」等問題的參考答案。

듣기 지문 聽力原文

복습 듣기의 지문을 제공한다.

提供複習的聽力原文。

차례
目次

線上音檔 QRCode
使用說明：
① 掃描 QRcode→
② 回答問題→
③ 完成訂閱→
④ 聆聽書籍音檔。

교재 구성표

課程大綱

단원 제목 單元標題		어휘 詞彙	문법과 표현 文法與表現
9. 병원 醫院	9-1. 집에서 쉬고 싶어요 我想在家休息	형용사 ③ 形容詞 ③	• 'ㅡ' 탈락 • 動-고 싶다
	9-2. 약을 먹고 푹 쉬세요 吃完藥請好好休息	건강과 증상 健康和症狀	• 動-(으)세요 • 動-지 마세요
10. 한국 생활 韓國生活	10-1. 저는 한국 문화를 좋아합니다 我喜歡韓國文化	동사 ④, 부사 ②, 시간 ① 動詞 ④、副詞 ②、時間 ①	• 名입니다, 名입니까? • 動形-ㅂ/습니다, 動形-ㅂ/습니까?
	10-2. 저는 작년 가을에 한국에 왔습니다 我去年秋天來到韓國	학교생활, 시간 ② 校園生活、時間 ②	• 動形-았습니다/었습니다 動形-았습니까/었습니까? • 動-(으)ㄹ 겁니다 動-(으)ㄹ 겁니까?
복습 5 複習 5			
11. 교통 交通	11-1. 방학에 부산에 가려고 해요 我放假打算去釜山	교통 ① 交通 ①	• 名(으)로 • 動-(으)려고 하다
	11-2. 서울역에서 여기까지 10분쯤 걸립니다 從首爾站到這裡大概花10分鐘	교통 ② 交通 ②	• 名에서 名까지 • 動-아야/어야 되다
12. 전화 電話	12-1. 요즘 잘 지내지요? 最近過得好嗎？	전화 ① 電話 ①	• 動形-지요? • 動形-지만
	12-2. 약속이 있어서 못 갔어요 因為有約了，所以沒辦法去	전화 ② 電話 ②	• 動形-아서/어서 • 名(이)라서
복습 6 複習 6			

단원 제목 單元標題		어휘 詞彙	문법과 표현 文法與表現
13. 옷과 외모 衣服和外表	13-1. 싸고 예쁜 옷이 많아요 有很多便宜又漂亮的衣服	형용사 ④ 形容詞 ④	• 動形-네요 • 形-(으)ㄴ 名
	13-2. 긴 바지를 자주 입어요 我經常穿長褲	의복 衣服	• ‘ㄹ’ 탈락 • 動-는 名
14. 초대와 약속 邀請和約定	14-1. 우리 집에 축구 보러 오세요 來我家看足球吧	초대와 약속 ① 邀請和約定 ①	• 動-(으)러 가다/오다 • 動-(으)ㄹ 수 있다/없다
	14-2. 주스를 마시면서 기다리고 있어요 我邊喝果汁邊等	초대와 약속 ② 邀請和約定 ②	• 動-고 있다 • 動-(으)면서
복습 7 複習 7			
15. 가족 家人	15-1. 아버지는 산에 자주 가세요 爸爸經常去山上	가족 ① 家人 ①	• 動形-(으)세요, 名(이)세요 • 名한테/께
	15-2. 부모님이 한국에 오실 거예요 我的父母將要來韓國	가족 ② 家人 ②	• 動形-(으)셨어요 動-(으)실 거예요 • ‘ㄷ’ 불규칙
16. 여행 旅行	16-1. 여기에서 사진을 좀 찍어 주세요 請在這裡幫我拍張照	여행 ① 旅行 ①	• 動-아/어 주세요 • 動-아서/어서
	16-2. 시간이 있으면 여기에 꼭 가 보세요 如果你有時間的話，請一定要去這裡	여행 ② 旅行 ②	• 動形-(으)면 • 動-아/어 보세요
복습 8 複習 8			

병원 醫院

9-1 집에서 쉬고 싶어요

9-2 약을 먹고 푹 쉬세요

9-1	어휘	형용사 ③
	문법과 표현	'ㅡ' 탈락 動-고 싶다
9-2	어휘	건강과 증상
	문법과 표현	動-(으)세요 動-지 마세요

어휘 詞彙

1. 그림을 보고 빈칸에 알맞은 단어를 쓰세요.
請看圖將正確的單字填入空格內。

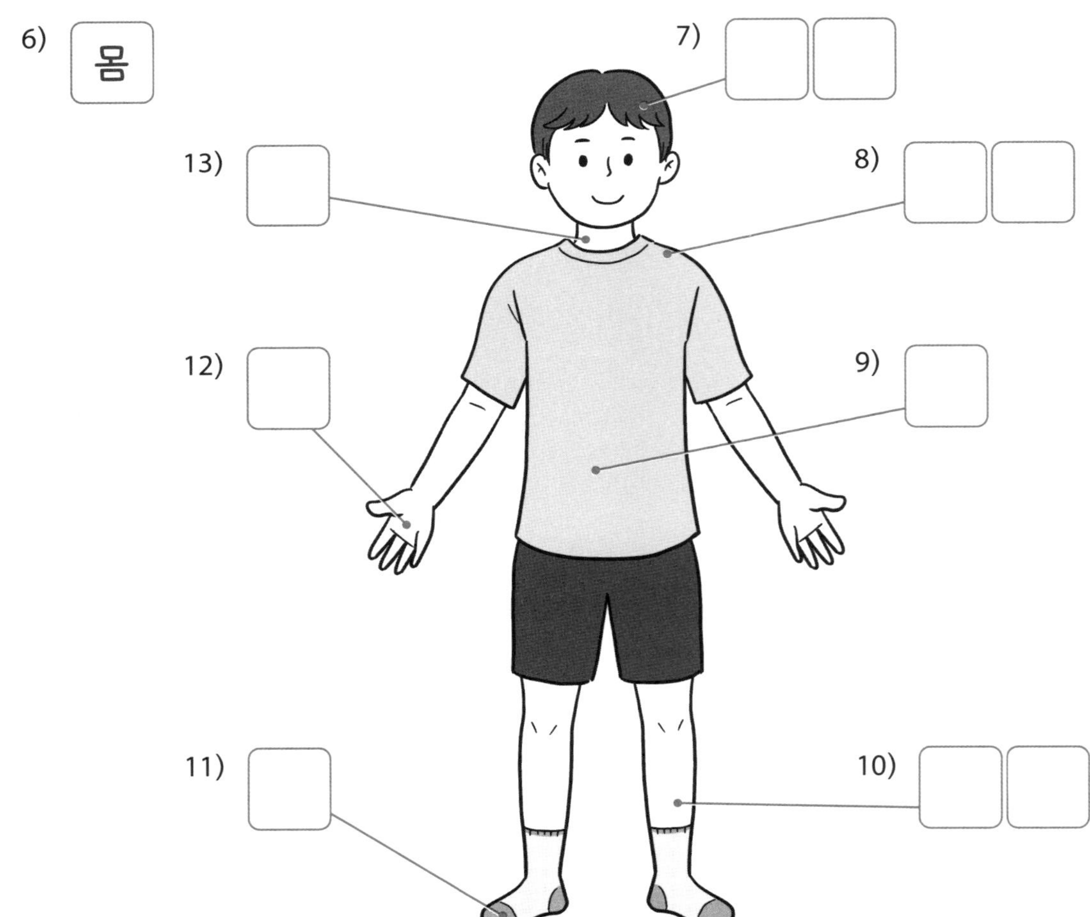

2. 그림을 보고 빈칸에 알맞은 단어를 쓰세요.

請看圖將正確的單字填入空格內。

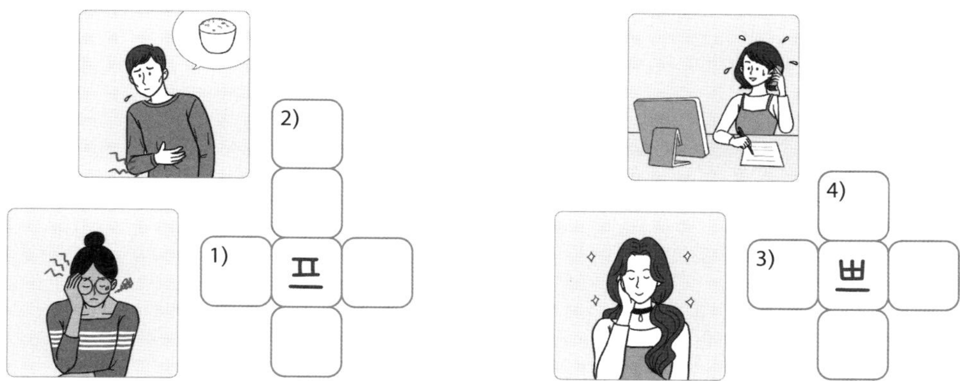

3. 그림을 보고 문장을 완성해 보세요.

請看圖完成句子。

1) 

어제 너무 피곤했어요.
그래서 휴대폰을 끄고 일찍 잤어요.

2) 

__________ 좀 힘들어요.

3) 

제 동생은 __________ 귀여워요.

4) 

룸메이트는 편지를 __________ 저는 숙제를 해요.

5) 

오늘은 날씨도 __________ 기분도 안 좋아요.

힘들다 辛苦、累　동생 弟妹　편지 信　기분 心情

문법과 표현 ① 文法與表現 '_' 탈락

1. 빈칸에 알맞게 쓰세요.
請將正確的答案填入空格內。

	-아요/어요	-았어요/었어요	-고
바쁘다	바빠요	바빴어요	바쁘고
나쁘다			
아프다			
배고프다			
예쁘다			
쓰다			
끄다			

2. 그림을 보고 대화를 만들어 보세요.
請看圖完成對話。

1) 

가: 하이 씨, 괜찮아요?

나: 아니요. 머리가 너무 아파요 .

2) 

가: ________________ .

나: 저도 ________________ . 같이 식당에 갈까요?

3) 

가: 지금 ________________ ?

나: 네. 지금 ________________ .

4) 

가: 지금 뭐 해요?

나: 메일을 ________________ .

괜찮다 不錯的、還可以的

3. 그림을 보고 대화를 만들어 보세요.
請看圖完成對話。

1) 가: 아침에 머리가 너무 아팠어요 .

나: 그래요? 약을 먹었어요?

2) 

가: 어제 날씨가 어땠어요?

나: ______________________ .

3) 

가: 어제 일이 많았어요?

나: 네. 정말 ______________________ .

4) 

가: 휴대폰 ______________________ ?

나: 네. ______________________ .

4. 친구와 이야기해 보세요.
請和朋友說說看。

1) 가: 오늘 저녁에 바빠요?

나: ______________________ .

2) 가: 지금 배고파요?

나: ______________________ .

3) 가: 이 꽃 어때요?

나: ______________________ .

약 藥

문법과 표현 ② 文法與表現

動-고 싶다

1. 그림을 보고 대화를 만들어 보세요.
請看圖完成對話。

1) 

가: 지금 뭐 하고 싶어요?

나: 너무 심심해요. 친구하고 이태원에서 놀고 싶어요 .

2) 

가: 주말에 뭐 할 거예요?

나: 수영장에 갈 거예요. ______________ .

3) 

가: 배 안 고파요? 뭐 먹을까요?

나: 우리 피자 먹어요. ______________ .

4) 

가: ______________ . 우리 영화관에 갈까요?

나: 네. 좋아요. 무슨 영화를 볼까요?

5) 

가: 주말에 축구했어요?

나: 아니요. ______________ . 그런데 비가 왔어요.

6) 

가: 왜 이렇게 조금 먹었어요?

나: 많이 ______________ . 그런데 배가 좀 아팠어요.

이태원 梨泰院　놀다 玩　수영장 游泳池　이렇게 這樣

2. 그림을 보고 대화를 만들어 보세요.
請看圖完成對話。

1) 

가: 내일 뭐 할 거예요?

나: 에릭 씨하고 백화점에 갈 거예요.

에릭 씨가 쇼핑하고 싶어 해요.

2) 

가: 안나 씨하고 어디에 갈 거예요?

나: 안나 씨가 노래방에 ______________.

그래서 노래방에 갈 거예요.

3) 

가: 지난주 주말에 뭐 했어요?

나: 아야나 씨가 ______________.

그래서 같이 산에 갔어요.

4) 

가: 어제 뭐 먹었어요?

나: 엥흐 씨가 불고기를 ______________.

그래서 불고기를 먹었어요.

3. 친구와 이야기해 보세요.
請和朋友說說看。

1) 가: 생일에 무슨 선물을 받고 싶어요?

나: ______________.

2) 가: 한국어를 몇 급까지 공부할 거예요?

나: ______________.

3) 가: 주말에 어디에 가고 싶어요?

나: ______________.

선물 禮物　받다 接收　급 等級

어휘 詞彙

1. 어디가 아파요? 그림을 보고 알맞은 말을 쓰세요.
哪裡不舒服呢？請看圖寫出正確的答案。

1)  기침을 해요 .

2)  ________________.

3) ________________.

4) ________________.

2. 다음을 보고 알맞은 표현을 쓰세요.
請看以下選項，寫出正確的答案。

(운동하다)	등산하다	(술을 마시다)	손을 씻다
담배를 피우다	과일을 먹다	푹 쉬다	우유를 마시다

건강에 좋아요.	건강에 나빠요.
운동해요.	술을 마셔요.

술 酒

3. 그림을 보고 대화를 만들어 보세요.

請看圖完成對話。

1) 

가: 기침을 해요?

나: 네. 기침도 하고 열도 나요 ______________.

2) 

가: 에릭 씨, 많이 아파요?

나: 네. ______________.

3) 

가: ______________?

나: 네. 아까 씻었어요.

4) 

가: 제니 씨, 어디 아파요?

나: 네. ______________.

어제저녁에 너무 추웠어요.

5) 

가: 제 친구는 매일 ______________.

걱정이에요.

나: 그래요? 담배는 건강에 나빠요.

어제저녁 昨天晚上　걱정 擔心

문법과 표현 ③ 動-(으)세요
文法與表現

1. 빈칸에 알맞게 쓰세요.
請將正確的答案填入空格內。

	-(으)세요		-(으)세요
쉬다	쉬세요	읽다	읽으세요
치다		앉다	
주다		씻다	
만나다		청소하다	
배우다		운동하다	

2. 그림을 보고 대화를 만들어 보세요.
請看圖完成對話。

1) 

가: 어제 잠을 못 잤어요. 쉬고 싶어요.

나: 그럼 집에서 푹 쉬세요.

2) 

가: 방이 안 깨끗해요. ______________.

나: 네. 그런데 지금 바빠요. 청소 좀 도와주세요.

3) 

가: 어서 오세요. 여기 ______________.

나: 네. 메뉴 좀 주세요.

도와주다 幫助　주다 給

4) 가: 날씨가 추워요. 이 코트를 __________.

나: 네. 고마워요.

5) 

가: 이 약을 __________.

나: 네. 선생님.

3. '가위바위보'를 해 보세요. 이긴 사람이 진 사람에게 '-(으)세요'라고 말하세요.

來玩「剪刀石頭布」，贏的人要對輸的人說「-(으)세요」。

4. 친구와 이야기해 보세요.

請和朋友說說看。

1) 가: 요즘 몸이 안 좋아요. 어떻게 해요?

나: __________.

2) 가: 한국어를 잘하고 싶어요. 어떻게 해요?

나: __________.

3) 가: 교통 카드를 사고 싶어요. 어디에서 사요?

나: __________.

문법과 표현 ④ 文法與表現

動-지 마세요

1. 그림을 보고 대화를 만들어 보세요.
請看圖完成對話。

1)

가: 여기에서 사진을 찍지 마세요 .

나: 네. 죄송해요.

2)

가: 오후에 산에 갈 거예요.

나: 날씨가 나빠요. 오늘은 산에 ______________ .

3)

가: 담배는 건강에 나빠요. 담배를 ______________ .

나: 네. 선생님.

4)

가: 수업 시작해요. 휴대폰을 ______________ .

나: 네. 지금 휴대폰을 껐어요.

2. 다음을 보고 맞으면 ○, 틀리면 × 하고 틀린 곳을 고쳐 쓰세요.
請看以下小題，正確請打○，錯誤請打×，並請改正錯誤的小題。

	○/×	고쳐 쓰세요.
1) 이 빵을 먹으지 마세요.	×	먹지 마세요
2) 메일을 써지 마세요.		
3) 그 사람을 만나지 마세요.		
4) 여기에서 이야기해지 마세요.		
5) 테니스를 쳐지 마세요.		

죄송하다 非常抱歉的　시작하다 開始

3. 다음을 보고 알맞은 말을 쓰세요.
請看以下選項，寫出正確的答案。

자다　늦다　숙제하다　전화하다
사진을 찍다　휴대폰을 보다　친구하고 이야기하다

수업 시간에
자지 마세요.
도서관에서
전화하지 마세요.

4. 친구와 이야기해 보세요.
請和朋友說說看。

1) 가: 이 책이 어때요? 재미있어요?

나: ____________________.

2) 가: 오늘 커피를 다섯 잔 마셨어요.

나: ____________________.

3) 가: 배가 아파요.

나: ____________________.

10 한국 생활 韓國生活

10-1 저는 한국 문화를 좋아합니다

10-2 저는 작년 가을에 한국에 왔습니다

10-1	어휘	동사 ④, 부사 ②, 시간 ①
	문법과 표현	名입니다, 名입니까? 動形-ㅂ/습니다, 動形-ㅂ/습니까?
10-2	어휘	학교생활, 시간 ②
	문법과 표현	動形-았습니다/었습니다 動形-았습니까/었습니까? 動-(으)ㄹ 겁니다, 動-(으)ㄹ 겁니까?

어휘 詞彙

1. 그림을 보고 알맞은 말을 연결해 보세요.
請看圖連接正確的內容。

1) 안녕하세요?
저는 유진이에요.
한국 사람이에요. •

2) 안녕하세요?
저는 테오예요.
1급 학생이에요. •

3) 

I can't speak
Korean. •

• ① 한국어를 잘 못해요.

• ② 한국어를 못해요.

• ③ 한국어를 잘해요.

2. 그림을 보고 알맞은 단어를 골라 쓰세요.
請看圖選填正確的單字。

오전	오후	계획이 없다	회사에 다니다

저는 회사원이에요. 저는 9시까지 회사에 가요. 보통 1) ______________ 에는 좀 바빠요. 커피를 마시고 일을 해요. 점심을 먹고 2) ______________ 에는 회의를 해요. 우리 회사 사람들이 정말 친절하고 일을 잘해요. 그래서 계속 이 3) ______________ 고 싶어요.

주말에는 회사에 안 가요. 저는 이번 주 주말에 4) ______________ . 집에서 쉴 거예요.

일 工作　계속 繼續

3. 그림을 보고 알맞은 단어를 골라 문장을 완성해 보세요.

請看圖選出正確的單字，完成句子。

잘	제일	열심히	받다	보내다

1) 다음 주에 시험이 있어요.

그래서 ______________ 공부해요.

2) 김밥 4,000원 / 비빔밥 10,000원 / 불고기 11,000원

이 식당에서 불고기가 ______________ 비싸요.

3) 문제를 ______________ 듣고 쓰세요.

4) 엥흐는 메일을 ______________.

5) 김 선생님은 메일을 ______________.

문법과 표현 1 文法與表現

名입니다, 名입니까?

1. 다음 대화를 완성해 보세요.
請完成以下對話。

1) 안녕하십니까?
이름이 무엇입니까?
김민우 입니다.

2) 어느 나라 사람 ______?
한국 사람 ______.

3) 회사원 ______?
아니요. 회사원 ______.
여행 작가 ______.

4) 고향은 ______?
서울 ______.

여행 작가 旅行作家

2. 그림을 보고 대화를 만들어 보세요.

請看圖完成對話。

1) 가: 이것은 무엇입니까 ?

나: 한복입니다 . 한국의 전통 옷입니다 .

2) 가: 저 사람은 ____________________ ?

나: 제 한국 친구 ____________________ .

3) 가: 생일이 ____________________ ?

나: 7월 12일 ____________________ .

4) 가: ____________________ ?

나: 중국 사람 ____________________ .

3. 종이에 우리 반 친구 1명의 이름을 쓰세요. 질문을 3개 해서 누구인지 맞혀 보세요. 대답은 '네' 또는 '아니요'로 할 수 있어요.

請在紙上寫下1位同班同學的名字。問完3個問題後，猜猜看是誰，可以用「對」或「不對」回答。

호주 사람입니까?
아니요. 호주 사람이 아닙니다.
한국 가수의 팬입니까?
네. 팬입니다.
남자입니까?
네. 남자입니다.

한복 韓服　전통 傳統　팬 粉絲

문법과 표현 2 文法與表現　動形-ㅂ/습니다, 動形-ㅂ/습니까?

1. 빈칸에 알맞게 쓰세요.
請將正確的答案填入空格內。

	-ㅂ/습니다		-ㅂ/습니까?
가다	갑니다	쓰다	씁니까?
마시다		흐리다	
바쁘다		심심하다	
먹다		읽다	
좋다		많다	
쉽다		맵다	

2. 그림을 보고 대화를 만들어 보세요.
請看圖完成對話。

1) 

가: 주말에도 한국어를 공부합니까 ?

나: 아니요. 공부 안 합니다 . 집에서 쉽니다 .

2) 

가: 오늘 고향에 비가 ______________________ ?

나: 아니요. 비가 ______________ . 날씨가 ______________ .

3)

오늘의 메뉴
₩ 3,500원

가: 수업이 끝나고 어디에 ______________________ ?

나: 학생 식당에 ______________ . 음식이 맛있고 ______________ .

4) 

가: 저 영화가 무섭습니까?

나: 아니요. ______________ . 아주 ______________ .

3. 알맞은 단어를 골라 대화를 만들어 보세요.
請選出正確的單字，完成對話。

무슨 누구 언제 어디 얼마 왜

1) 가: 무슨 회사에 다닙니까 ?

나: 한국 회사에 다닙니다.

2) 가: ______________________ ?

나: 크리스 씨를 만납니다.

3) 가: ______________________ ?

나: 보통 저녁 7시쯤 밥을 먹습니다.

4) 가: ______________________ ?

나: 운동장에서 테니스를 칩니다.

4. 친구와 이야기해 보세요.
請和朋友說說看。

1) 가: 오늘 수업이 끝나고 무엇을 합니까?

나: ______________________ .

2) 가: 이번 방학에 무엇을 하고 싶습니까?

나: ______________________ .

3) 가: 이번 주 주말에 계획이 있습니까?

나: ______________________ .

운동장 操場 이번 這次

어휘 詞彙

1. 알맞은 것을 연결해 보세요.
請連接正確的答案。

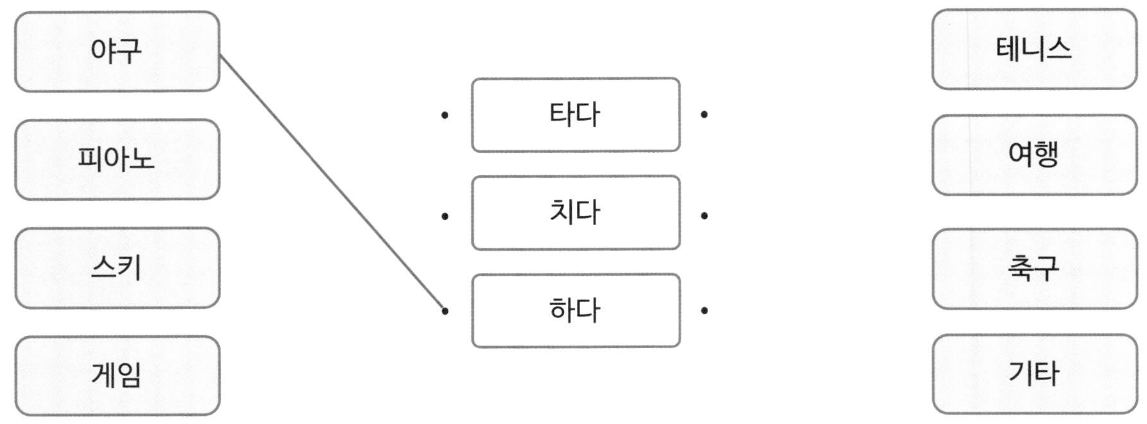

2. 그림을 보고 알맞은 말을 골라 대화를 완성해 보세요.
請看圖選出正確的選項，並試著完成對話。

사귀다　　연습하다　　게임을 하다　　피아노를 치다

1) 가: 요즘 피아노를 쳐요 ?
나: 아니요. 안 쳐요 .

2) 가: 게임을 좋아해요?
나: 아니요. 저는 ________ .

3) 가: 우리 같이 한국어를 ________ ?
나: 네. 좋아요.

4) 가: 한국 친구를 많이 ________ ?
나: 아니요. 많이 못 ________ .

3. 빈칸에 알맞은 단어를 쓰세요.
請將正確的單字填入空格內。

1) 어제 | 오늘 | 내일

2) ______ | ______ | 내년

3) 아침 | ______ | ______

4) ______ | 이번 주 | ______

5) ______ | ______ | 가을 | ______

6) 오전 | ______

7) 지난달 | ______ | ______

4. 친구와 이야기해 보세요.
請和朋友說說看。

1) 가: 언제 한국에 왔어요?

나: ....

2) 가: 내년에도 한국에 있을 거예요?

나: ....

3) 가: 누구하고 한국어를 연습해요?

나: ....

문법과 표현 ③ 文法與表現 動形-았습니다/었습니다, 動形-았습니까/었습니까?

1. 빈칸에 알맞게 쓰세요.
請將正確的答案填入空格內。

	-았습니다/었습니다		-았습니까/었습니까?
가다	갔습니다	읽다	읽었습니까?
좋다		가르치다	
먹다		좋아하다	
흐리다		재미있다	
쉽다		어렵다	
바쁘다		쓰다	

2. 그림을 보고 다음 대화를 완성해 보세요.
請看圖完成以下對話。

1) 

가: 언제부터 한국어를 공부했습니까 ?
나: 3월부터 공부했습니다 .

2) 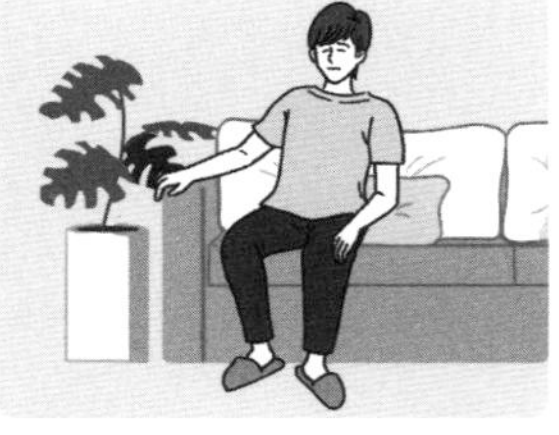

가: 지난주 주말에 ______________________ ?
나: 집에서 ______________________ .

3) 

가: 어제 눈이 ______________________ ?
나: 아니요. 눈이 ______________________ .
______________________ .

3. 친구하고 이야기해 보세요.
請和朋友說說看。

어느 나라 | 무엇 | 언제 | 어디 | 누구와

하다 | 여행하다 | 오다 | ?

1) 어느 나라에서 왔습니까? / ________ 에서 왔습니다.

2) 어제 무엇을 ________? / ________.

3) 작년에 ________? / ________.

4) ________? / ________.

문법과 표현 4 文法與表現

動-(으)ㄹ 겁니다, 動-(으)ㄹ 겁니까?

1. 그림을 보고 대화를 만들어 보세요.
請看圖完成對話。

1)

가: 내년에 어디에서 콘서트를 할 겁니까 ?

나: 뉴욕에서 할 겁니다 .

2)

가: 한국어 공부가 모두 끝나고 무엇을 ____________ ?

나: 한국 회사에서 ____________ .

3)

가: 저녁에 식당에 ____________ ?

나: 아니요. 집에서 ____________ .

4)

가: 언제부터 회사에 ____________ ?

나: 내년 3월부터 ____________ .

5)

가: 누구와 ____________ ?

나: 친구와 ____________ .

6)

가: ____________ ?

나: ____________ .

콘서트 演唱會　뉴욕 紐約

2. 빈칸에 알맞은 말을 쓰세요.
請將正確的答案填入空格內。

안녕하십니까? 저는 에릭1) 입니다 . 작년 11월에 한국에 2) ______.
저는 축구를 3) ______. 작년까지 프랑스에서 축구 선수 4) ______.
요즘도 주말에 학교 친구들과 축구를 5) ______. 정말 6) 재미 ______.

평일에는 보통 한국어를 7) ______. 수업이 끝나고 학생 식당에서 밥을
8) ______. 식당에 사람이 항상 9) ______.

내일은 토요일10) ______. 그래서 학교에 안 가고 친구를 11) ______.
그리고 PC방에서 12) ______. 저는 한국 PC방을 정말 13) ______.

3. 친구와 이야기해 보세요.
請和朋友說說看。

1) 가: 오늘 수업이 끝나고 무엇을 할 겁니까?

나: ______.

2) 가: 주말에 어디에 갈 겁니까?

나: ______.

3) 가: 언제까지 한국에서 공부할 겁니까?

나: ______.

항상 經常　PC방 網咖

복습 5

어휘 詞彙

✐ **아는 단어에 ✔ 하세요.**

請勾選出知道的單字。

9단원

- 아프다 ☐
- 바쁘다 ☐
- 예쁘다 ☐
- 나쁘다 ☐
- 배고프다 ☐
- 쓰다 ☐
- 끄다 ☐
- 얼굴 ☐
- 눈 ☐
- 코 ☐
- 입 ☐
- 귀 ☐

- 몸 ☐
- 머리 ☐
- 목 ☐
- 가슴 ☐
- 배 ☐
- 허리 ☐
- 다리 ☐
- 손 ☐
- 발 ☐
- 팔 ☐
- 어깨 ☐
- 무릎 ☐

- 감기에 걸리다 ☐
- 기침을 하다 ☐
- 열이 나다 ☐
- 콧물이 나오다 ☐
- 목이 아프다 ☐
- 건강에 좋다 ☐
- 건강에 나쁘다 ☐
- 손을 씻다 ☐
- 푹 쉬다 ☐
- 담배를 피우다 ☐

10단원

- 잘하다 ☐
- 못하다 ☐
- 회사에 다니다 ☐
- 계획 ☐
- 메일을 보내다 ☐
- 메일을 받다 ☐
- 열심히 ☐
- 잘 ☐
- 제일 ☐
- 오전 ☐
- 오후 ☐

- 피아노를 치다 ☐
- 기타를 치다 ☐
- 게임을 하다 ☐
- 그림을 그리다 ☐
- 자전거를 타다 ☐
- 스키를 타다 ☐
- 친구를 사귀다 ☐
- 연습하다 ☐
- 작년 ☐
- 올해 ☐
- 내년 ☐
- 지난달 ☐
- 이번 달 ☐
- 다음 달 ☐

[1~3] 그림을 보고 알맞은 단어를 고르세요.

請看圖選出正確的單字。

1.

가: 어디가 아파요?

나: (   ).

① 열이 나요　② 기침을 해요　③ 목이 아파요　④ 콧물이 나와요

2.

가: 지금 뭐 해요?

나: (   ).

① 편지를 써요　② 게임을 해요　③ 메일을 보내요　④ 회사에 다녀요

3.

가: 주말에 뭐 했어요?

나: 집에서 (   ).

① 푹 쉬었어요　② 기타를 쳤어요　③ 그림을 그렸어요　④ 메일을 받았어요

[4~5] (　　)에 알맞은 것을 고르세요.

請選出適合填入（　）內的詞語。

4.

가: 주말에 보통 뭐 해요?

나: 스키를 (   ).

① 쳐요　② 해요　③ 타요　④ 와요

5.

가: 무슨 일을 해요?

나: 한국 회사에 (   ).

① 일해요　② 다녀요　③ 잘해요　④ 연습해요

문법과 표현
文法與表現

9단원

'ㅡ' 탈락	팔이 아프고 어깨도 아파요.
動-고 싶다	한국어를 잘하고 싶어요.
動-(으)세요	손을 씻으세요.
動-지 마세요	담배를 피우지 마세요. 건강에 나빠요.

10단원

名입니다, 名입니까?	나나 씨는 회사원입니까? - 네. 저는 회사원입니다.
動形-ㅂ/습니다 動形-ㅂ/습니까?	이 음식을 자주 먹습니까? - 네. 이 음식은 건강에 좋습니다.
動形-았습니다/었습니다 動形-았습니까/었습니까?	메일을 받았습니까? - 네. 어제 메일을 받았습니다.
動-(으)ㄹ 겁니다 動-(으)ㄹ 겁니까?	언제 스키를 탈 겁니까? - 다음 달에 스키를 탈 겁니다.

[1~5] 밑줄 친 부분을 고쳐서 쓰세요.
請將畫底線的部分修改正確。

1. 요즘 바쁘요. ➡ ____________________
2. 한국 친구를 사귀하고 싶어요. ➡ ____________________
3. 매일 커피를 마셥니다. ➡ ____________________
4. 주말 오후에 푹 쉬습니다. ➡ ____________________
5. 친구하고 한국어를 공부핼 겁니다. ➡ ____________________

[6~10] 그림을 보고 대화를 완성하세요.
請看圖完成對話。

6. 가: 우리 점심 먹을까요? ______________________.
나: 네. 좋아요.

7. 가: 한국에서 무엇을 하고 싶습니까?
나: ______________________.

8. 가: 오늘 날씨가 어떻습니까?
나: ______________________.

9. 가: 한국어 공부가 끝나고 무엇을 할 겁니까?
나: ______________________.

10. 가: 요즘 밤에 잠을 못 자요.
나: ______________________.

[11~12] 대화를 완성하세요.
請完成對話。

11. 가: ______________________?
나: 주말에는 보통 공원에서 자전거를 탑니다.

12. 가: ______________________?
나: 지난달에 한국에 왔습니다.

듣기 聽力

[1~3] 다음을 듣고 물음에 맞는 대답을 고르세요.
請聽完後選出正確的回答。

1. ① 네. 아팠어요. ② 어제부터 아팠어요.
③ 내일까지 약을 먹어요. ④ 오후에 병원에 갈 거예요.

2. ① 아니요. 잘 못 칩니다. ② 피아노를 치지 마세요.
③ 피아노가 재미있습니다. ④ 저는 피아노가 없습니다.

3. ① 네. 저는 회사원이에요. ② 주말에는 회사에 안 가요.
③ 저는 컴퓨터 회사에서 일해요. ④ 네. 저는 열심히 일할 거예요.

[4~5] 다음을 듣고 이어지는 말을 고르세요.
請聽完後選出能夠接續的話。

4. ① 메일을 읽었어요. ② 저녁에 받을 거예요.
③ 어제 오후에 보냈어요. ④ 사무실에서 메일을 썼어요.

5. ① 불고기가 안 매워요. ② 저는 요리를 잘 못해요.
③ 불고기를 제일 좋아해요. ④ 이 식당의 비빔밥이 맛있어요.

[6~7] 여기는 어디입니까? 알맞은 것을 고르세요.
這裡是哪裡？請選出正確的答案。

6. ① 가게 ② 학교 ③ 은행 ④ 서점

7. ① 약국 ② 회사 ③ 카페 ④ 미용실

[8~9] 다음은 무엇에 대해 말하고 있습니까? 알맞은 것을 고르세요.
以下是關於什麼的談話內容？請選出正確的答案。

8. ① 공부 ② 병원 ③ 건강 ④ 스포츠 센터

9. ① 전통 ② 방학 ③ 문화 ④ 계획

[10~11] 다음 대화를 듣고 알맞은 그림을 고르세요.
請聽對話，選出正確的圖案。

10. ①  ②  ③  ④ 

11. ①  ② 

③ 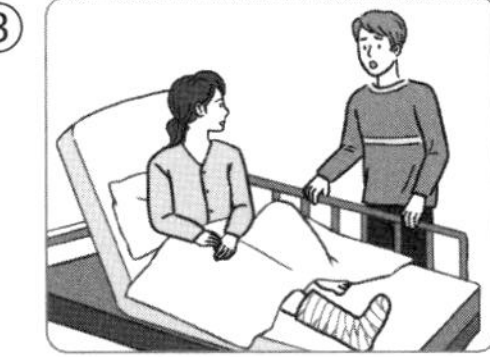 ④ 

[12~13] 다음을 듣고 들은 내용과 같은 것을 고르세요.
請聽完後選出與聽到的內容相同的選項。

12. ① 여자는 남자하고 게임을 해요. ② 여자의 한국 생활이 재미없어요.
③ 여자는 친구를 사귀고 싶어 해요. ④ 여자의 대학원 친구는 한국 사람이에요.

13. ① 남자는 주말에 집에서 쉴 거예요. ② 남자는 기타를 배우고 싶어 해요.
③ 여자는 토요일에 자전거를 탔어요. ④ 여자는 일요일 오후에 약속이 있어요.

[14~15] 다음을 듣고 물음에 답하세요.
請聽完後回答問題。

14. 여자의 직업은 무엇입니까?

① 가수 ② 기자 ③ 화가 ④ 여행 작가

15. 맞는 것을 고르세요.

① 남자는 운전을 못 합니다. ② 남자는 부산에서 왔습니다.
③ 남자는 남자의 직업을 좋아합니다. ④ 남자는 여행 회사에서 일할 겁니다.

읽기 閱讀

[1~3] (　　)에 들어갈 가장 알맞은 것을 고르세요.
請選出最適合填入（　　）內的詞語。

1.

감기에 (　　　　　　　　). 그래서 지금 기침을 많이 하고 열도 나요.

① 걸려요　② 걸렸어요　③ 걸릴 거예요　④ 걸리지 마세요

2.

요즘 오전에는 한국어를 배우고 오후에는 아르바이트를 합니다.
그래서 아침부터 저녁까지 (　　　　　　　　).

① 바빴어요　② 바쁩니까　③ 바쁩니다　④ 바빴습니다

3.

안나 씨는 화가입니다. 우리 반에서 그림을 (　　　　) 잘 그립니다.

① 푹　② 제일　③ 아직　④ 아까

[4~5] 다음을 읽고 맞지 않는 것을 고르세요.
請閱讀完後選出錯誤的選項。

4.

사랑병원 

월요일~금요일: 8:30~18:30
점심시간: 13:00~14:00
토요일: 9:00~13:00
일요일은 쉽니다.

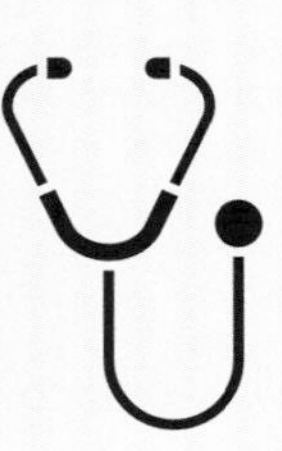

① 토요일에는 오전 9시에 시작합니다.
② 월요일에는 오후 8시 30분까지 합니다.
③ 일요일에는 의사 선생님을 못 만납니다.
④ 평일에는 오후 1시부터 2시까지 쉽니다.

5.

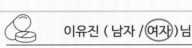

이유진 (남자 / 여자)님

(아침 / 점심 / 저녁 식후 30분)

* 술을 마시지 마세요.
* 물을 많이 드세요.

서울약국　20XX년 9월 23일　약사 : 김민우

① 약국에서 약을 받았어요.
② 하루에 두 번 약을 먹어요.
③ 이유진은 남자가 아니에요.
④ 이유진은 약국에서 일해요.

[6~7] 다음을 읽고 순서가 알맞은 것을 고르세요.
請讀完後選出排列順序正確的選項。

6.

(가) 그럼 무슨 책이 좋아요?
(나) 저 책이 쉽고 재미있어요.
(다) 너무 어려워요. 보지 마세요.
(라) 이 책을 다 읽었어요? 어때요?

① (다) - (나) - (라) - (가)
② (다) - (가) - (라) - (나)
③ (라) - (나) - (가) - (다)
④ (라) - (다) - (가) - (나)

7.

(가) 그래서 지금은 자전거를 잘 탑니다.
(나) 주말에 공원에서 열심히 연습했습니다.
(다) 저는 지난달에 처음 자전거를 탔습니다.
(라) 다음 주에는 친구들하고 같이 자전거를 탈 겁니다.

① (다) - (라) - (나) - (가)
② (다) - (나) - (가) - (라)
③ (라) - (다) - (가) - (나)
④ (라) - (가) - (나) - (다)

[8~10] 다음 내용과 같은 것을 고르세요.
請選出與下列內容相同的選項。

8.

저는 고향에서 축구 선수였습니다. 축구를 더 잘하고 싶었습니다. 그래서 매일 열심히 연습했습니다. 하지만 작년에 다리를 다쳤습니다. 그래서 요즘은 주말에만 친구들하고 축구를 합니다.

① 저는 축구를 가르칩니다.
② 저는 매일 축구를 연습해요.
③ 저는 축구 선수가 되고 싶어요.
④ 저는 요즘 평일에 축구를 안 해요.

9\.

저는 어제저녁부터 너무 아팠어요. 열이 나고 배가 아팠어요. 그래서 오늘 학교에 못 가고 병원에 갔어요. 그리고 집에서 약을 먹고 푹 쉬었어요. 지금은 좀 괜찮아요. 내일은 학교에 갈 거예요.

① 저는 학교에 가고 싶어요.

② 저는 지금 많이 안 아파요.

③ 저는 내일까지 병원에 있을 거예요.

④ 저는 어제저녁부터 약을 먹었어요.

10\.

저는 작년 겨울에 한국에 왔습니다. 우리 고향에는 겨울이 없습니다. 그래서 한국에서 처음 눈을 봤습니다. 지난달에 반 친구들하고 같이 스키장에 갔습니다. 오전에는 스키를 배우고 오후에는 친구들하고 스키를 탔습니다. 정말 재미있었습니다. 다음 달에 또 스키장에 가고 싶습니다.

① 제 고향에는 눈이 안 와요.

② 저는 스키를 안 타고 싶어요.

③ 저는 열심히 스키를 연습할 거예요.

④ 저는 스키장에서 친구를 사귀었어요.

[11] 다음을 읽고 중심 생각을 고르세요.

請讀完後選出中心思想。

11\.

제 한국 생활은 정말 재미있습니다. 평일 오전에는 언어교육원에서 한국어를 배웁니다. 오후에는 반 친구들과 같이 운동도 하고 한국어 공부도 합니다. 친구들이 정말 친절합니다. 주말에는 룸메이트와 같이 여행을 합니다. 지난주 주말에는 부산에서 한국 친구들을 만났습니다. 저는 앞으로 계속 한국에서 살고 싶습니다.

① 제 한국 생활이 재미있어요.

② 저는 부산에서 여행을 했어요.

③ 저는 한국어를 열심히 공부해요.

④ 저는 친구를 많이 만나고 싶어요.

[12~13] 다음을 잘 읽고 알맞은 것을 고르세요.
請讀完後選出正確的答案。

제 이름은 엥흐입니다. 올해 3월에 한국에 왔습니다. 몽골에서는 회사에 다녔습니다. 지금은 일을 안 하고 서울대학교에서 한국어를 배웁니다.

저는 한국에서 한국 친구를 (   ). 그 친구의 이름은 김민우입니다. 민우 씨는 저를 많이 도와줍니다. 우리는 도서관에서 같이 공부도 하고 게임도 합니다. 민우 씨는 몽골에 여행을 가고 싶어 합니다. 그래서 우리는 내년쯤 제 고향에서 같이 여행할 겁니다.

12. (   )에 알맞은 말은 무엇입니까?

① 탔습니다
② 연습했습니다
③ 그렸습니다
④ 사귀었습니다

13. 이 글의 내용과 같은 것을 고르세요.

① 저는 민우를 많이 도와줘요.
② 민우는 한국 회사에서 일해요.
③ 민우는 내년에 몽골에 갈 거예요.
④ 저는 일도 하고 한국어도 공부해요.

[14~15] 다음을 잘 읽고 알맞은 것을 고르세요.
請讀完後選出正確的答案。

저는 한국 음식을 좋아합니다. 그래서 인터넷을 보고 혼자 한국 음식을 만들었습니다. 맛이 좀 없었습니다. 한국 요리를 배우고 싶었습니다.

그래서 지난달부터 토요일 오전에 한국 요리 교실에 갑니다. ㉠**거기**에서 한국 요리도 배우고 외국 친구도 많이 사귀었습니다. 정말 재미있습니다. 저는 고향에서도 가족들하고 같이 한국 음식을 먹고 싶습니다. 그래서 더 열심히 연습할 겁니다.

14. ㉠**거기**는 어디입니까?

① 고향
② 한국 식당
③ 외국 친구 집
④ 한국 요리 교실

15. 이 글의 내용과 같은 것을 고르세요.

① 저는 요리를 잘해요.
② 저는 고향에서 요리를 배웠어요.
③ 저는 요즘 인터넷에서 요리를 배워요.
④ 저는 고향에서도 한국 요리를 할 거예요.

쓰기 寫作

✎ **질문을 잘 읽고 200~300자로 글을 쓰세요.**

閱讀完問題後，請寫下200~300字的文章。

여러분은 무엇(요리, 운동, 외국어…)을 배웠습니까?
어디에서 배웠습니까? 언제부터 배웠습니까? 어땠습니까?
앞으로 무엇을 배우고 싶습니까?

글을 다 썼어요?
다시 한번 읽어 보세요.

말하기 會話

1. 문법을 사용해서 친구와 이야기해 보세요.
請使用文法和朋友說說看。

'ㅡ' 탈락

1) 요즘 바빠요?
2) 편지를 자주 써요?

動-고 싶다

3) 저녁에 뭐 먹을 거예요?
4) 한국에서 어디에 가고 싶어요?

動-(으)세요

5) 배가 아파요.
6) 다음 주부터 시험이에요.

動-지 마세요

7) 이 영화가 재미있어요?
8) 요즘 잠을 못 자요.

名입니다, 名입니까?

9) 오늘이 며칠입니까?
10) 오늘이 무슨 요일입니까?

動形-ㅂ/습니다,
動形-ㅂ/습니까?

11) 주말에 보통 무엇을 합니까?
12) 오늘 날씨가 어떻습니까?

動形-았습니다/었습니다,
動形-았습니까/었습니까?

13) 어제 무엇을 했습니까?
14) 작년에 어디에 갔습니까?

動-(으)ㄹ 겁니다,
動-(으)ㄹ 겁니까?

15) 내년에 무엇을 할 겁니까?
16) 시험이 끝나고 무엇을 할 겁니까?

2. 그림을 보고 이야기를 만들어 보세요.

請看圖說故事。

- ☐ 'ㅡ' 탈락
- ☐ 動-고 싶다
- ☐ 動-(으)세요
- ☐ 動-지 마세요
- ☐ 名입니다, 名입니까?
- ☐ 動形-ㅂ/습니다,
  動形-ㅂ/습니까?
- ☐ 動形-았습니다/었습니다,
  動形-았습니까/었습니까?
- ☐ 動-(으)ㄹ 겁니다,
  動-(으)ㄹ 겁니까?

발음 發音

9단원

「못」之後如果接上子音「ㄱ, ㄷ, ㅂ, ㅅ, ㅈ」，則「못」讀為[몯]，子音讀為[ㄲ, ㄸ, ㅃ, ㅆ, ㅉ]。

오늘 학교에 못 가요.
[몯까요]

어제 많이 못 잤어요.
[몯짜써요]

잘 듣고 따라 해 보세요.
請聽完後跟著唸唸看。

02

❶ 저는 지금 영화를 **못 봐요**.

❷ 가방을 **못 샀어요**.

10단원

終聲「ㅂ」之後如果接上「ㄴ, ㅁ」，讀為[ㅁ]。

저는 요리사입니다.
[임니다]

집에서 무엇을 합니까?
[함니까]

잘 듣고 따라 해 보세요.
請聽完後跟著唸唸看。

03

❶ 주말에 피아노를 **칩니다**.

❷ 내일도 그림을 **그립니까**?

잘 듣고 따라 해 보세요.
請聽完後跟著唸唸看。

04

❶ 가: 지난주에 수영장에 갔어요?
나: 아니요. 못 갔어요.

❷ 가: 어디에서 친구를 만납니까?
나: 카페에서 만납니다.

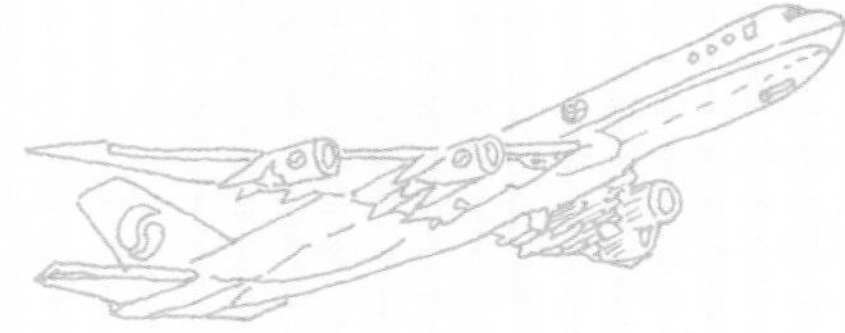

교통 交通

11-1 방학에 부산에 가려고 해요

11-2 서울역에서 여기까지 10분쯤 걸립니다

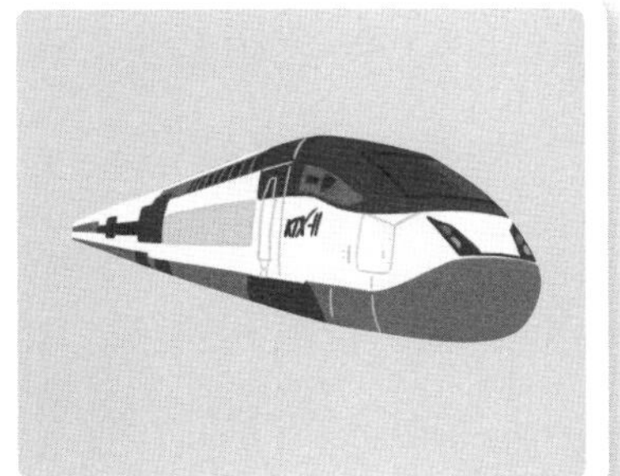

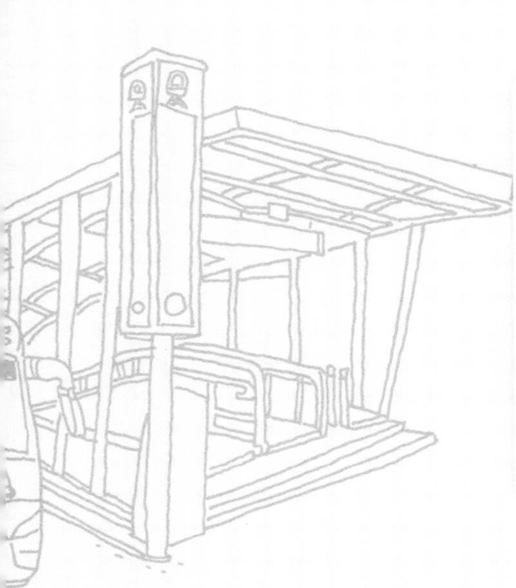

11-1	어휘	교통 ①
	문법과 표현	名(으)로 動-(으)려고 하다
11-2	어휘	교통 ②
	문법과 표현	名에서 名까지 動-아야/어야 되다

어휘 詞彙

1. 그림을 보고 알맞은 말을 쓰세요.
請看圖寫出正確的答案。

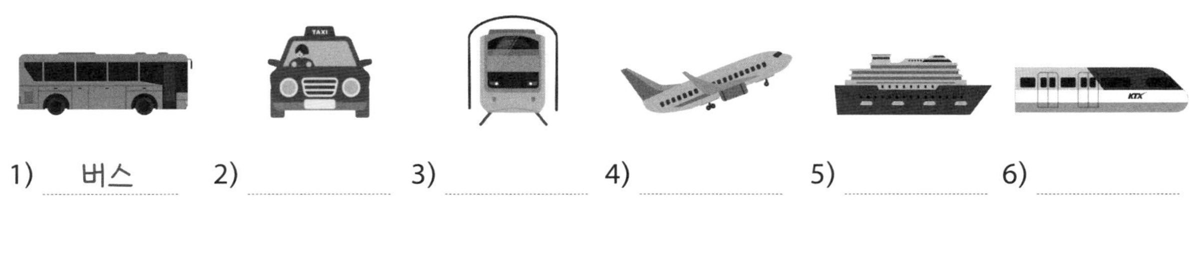

1) 버스 2) ______ 3) ______ 4) ______ 5) ______ 6) ______

2. 설명을 보고 알맞은 말을 쓰세요.
請讀完說明後，寫出正確的答案。

1) 고향에서 친구가 와요.
그래서 오늘 저는 **여기**에 가요.
친구는 5시 비행기를 타고 올 거예요.

여기는

이에요/예요.

2) 저는 버스를 타고 회사에 가요.
여기에서 버스를 기다려요.

여기는

이에요/예요.

3) 저는 **여기**에서 지하철을 타고
서울대학교에 가요.

여기는

□□□□ 이에요/예요.

3. 그림을 보고 대화를 만들어 보세요.
請看圖完成對話。

1) 

가: 이 근처에 지하철역 (이) / 가 어디에 있어요?

나: 저기에 있어요.

2) 

가: 에릭 씨, 지금 어디예요?

나: ____________ 에 있어요. 버스를 탈 거예요.

3) 

가: 몇 번 버스를 ____________ (으)ㄹ 거예요?

나: 501번 버스를 ____________ (으)ㄹ 거예요.

4) 

가: 어디에서 ____________ 아요/어요?

나: 서울역에서 ____________ 아요/어요.

5) 

가: 명동에 어떻게 가요?

나: 여기에서 ____________ (으)세요.

4. 친구와 이야기해 보세요.
請和朋友說說看。

________ 씨 집에 어떻게 가요?

약속 장소에 빨리 가고 싶어요. 뭘 타고 갈까요?

근처 附近　번 號碼　서울역 首爾站　어떻게 如何　장소 場所

문법과 표현 1
文法與表現

名(으)로

1. 그림을 보고 문장을 완성해 보세요.
請看圖完成句子。

이 지하철은

1) 신촌으로
2) ______
3) ______
4) ______
5) ______
6) ______
7) ______

가요.

신촌 新村　시청 市政府　여의도 汝矣島　고속터미널 高速巴士站、客運站　잠실 蠶室

2. 58쪽의 그림을 다시 보고 대화를 완성해 보세요.
請再看一次58頁的圖，試著完成對話。

1) 가: 경복궁에 어떻게 가요?

나: 서울대입구역에서 2호선을 타고 교대역에서 3호선으로 갈아타세요.

2) 가: 서울역에 어떻게 가요?

나: 교대역에서 2호선을 타고 사당역에서 ______________.

3) 가: 시청에 어떻게 가요?

나: 경복궁역에서 3호선을 타고 종로3가역에서 ______________.

3. 그림을 보고 대화를 만들어 보세요.
請看圖完成對話。

1)

가: 주말에 뭐 했어요?

나: 부산으로 여행을 갔어요.

2)

가: 여의도에 어떻게 가요?

나: 여기에서 내리세요. 그리고 ______________ 갈아타세요.

3)

가: 여러분, 1층 ______________ 가세요.

나: 네. 선생님.

4)

가: 내년에도 한국에서 공부할 거예요?

나: 아니요. 내년 2월에 ______________ 가요.

일본에서 공부할 거예요.

호선 號線　층 樓

문법과 표현 2
文法與表現

動-(으)려고 하다

1. 그림을 보고 대화를 만들어 보세요.
請看圖完成對話。

1)

가: 주말에 뭐 할 거예요?

나: 영화관에서 영화를 보려고 해요.

2)

가: 수업 끝나고 뭐 할 거예요?

나: 친구하고 같이 ______________.

3)

가: 지금 뭐 해요?

나: ______________.

4)

가: 비행기표가 있어요? 알아봤어요?

나: 아니요. 그래서 지금 ______________.

5)

가: 점심 언제 먹어요?

나: 회의 끝나고 ______________.

6)

가: 지금 뭐 해요?

나: ______________.

비행기표 機票　알아보다 了解、打聽

2. 그림을 보고 대화를 만들어 보세요.
請看圖完成對話。

1)

가: 어제 영화 봤어요?

나: 아니요. 극장에 가려고 했어요 . 그런데 못 갔어요.

2)

가: 커피 샀어요?

나: 쉬는 시간에 커피를 ______________.

그런데 커피숍에 사람이 많았어요.

3)

가: 주말에 뭐 했어요?

나: 친구하고 ______________.

그런데 비가 왔어요.

4)

가: 이 책 다 읽었어요?

나: 아니요. 어제 ______________.

그런데 너무 어려웠어요.

3. 친구와 이야기해 보세요.
請和朋友說說看。

오늘 오후	내일	주말	______
금요일	수업 끝나고	오늘 저녁	______

오늘 오후에 뭐 할 거예요?

친구하고 같이 문화 축제에 가려고 해요.

극장 電影院　다 全部　문화 文化　축제 慶典

어휘 詞彙

1. 그림을 보고 알맞은 단어를 골라 대화를 만들어 보세요.
請看圖選出正確的單字，並試著完成對話。

왼쪽	오른쪽	건너편	이쪽	저쪽	건물	박물관

1) 

가: 화장실이 어디에 있어요?

나: 저기에서 왼쪽 으로 가세요.

2) 

가: 은행이 어디에 있어요?

나: 길 ________ 에 있어요.

3) 

가: 어서 오세요. ________ 에 앉으세요.

나: 네. 메뉴 좀 주세요.

4) 

가: 여기가 어디예요?

나: ________ 이에요/예요.

5) 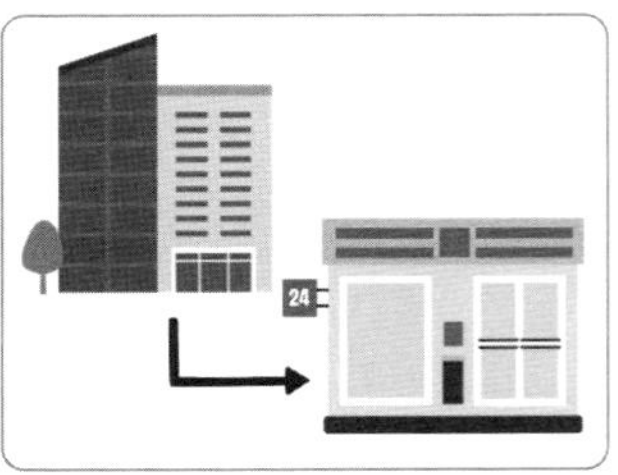

가: 편의점이 어디에 있어요?

나: ________ 밖에 있어요.

길 道路

2. 그림을 보고 대화를 완성해 보세요.

請看圖完成對話。

1)

가: 박물관이 멀어요?

나: 네. 멀어요.

2)

가: 지금 뭐 해요?

나: 친구를 ______________________.

3)

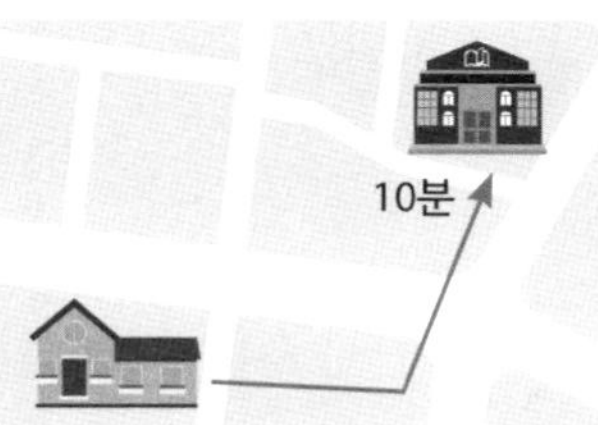

가: 도서관이 멀어요?

나: 아니요. ______________________.

은행 건너편에 있어요.

4)

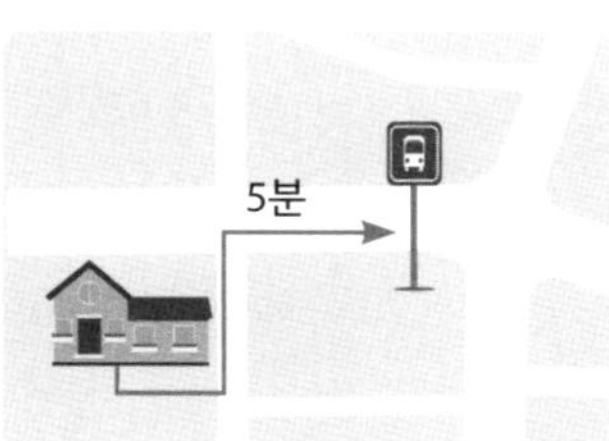

가: 버스 정류장이 멀어요?

나: 아니요. 집 앞에 있어요.

5분쯤 ______________________.

3. 친구와 이야기해 보세요.

請和朋友說說看。

________ 씨 집이 가까워요?

________ 씨 왼쪽에 누가 있어요?

________ 씨 오른쪽에 누가 있어요?

문법과 표현 3 文法與表現

名에서 名까지

1. 그림을 보고 대화를 완성해 보세요.
請看圖完成對話。

1)
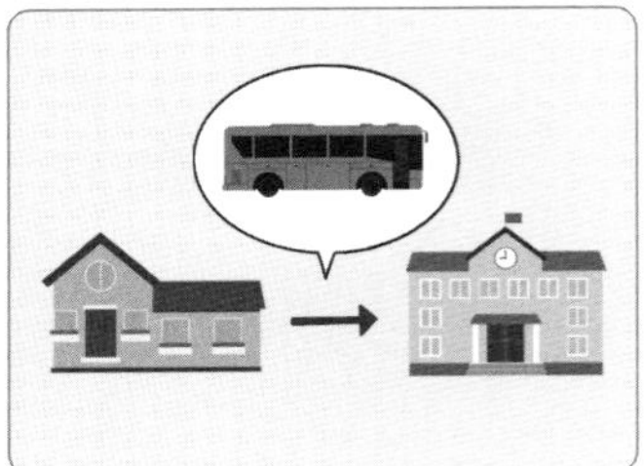

가: 집에서 학교까지 어떻게 와요?
나: 버스를 타고 와요.

2)
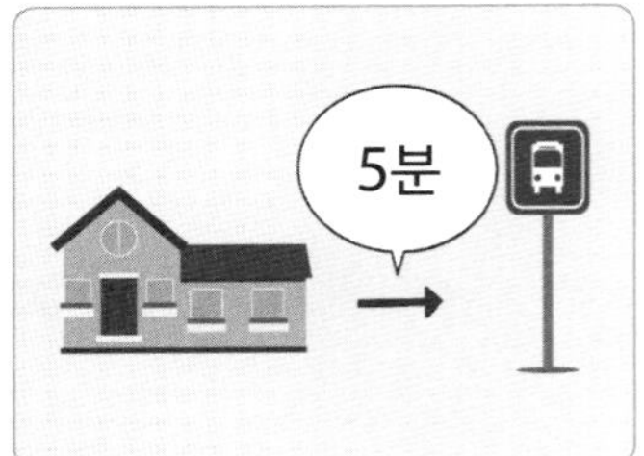

가: ______________________ 가까워요?
나: 네. 가까워요. 5분쯤 걸려요.

3)
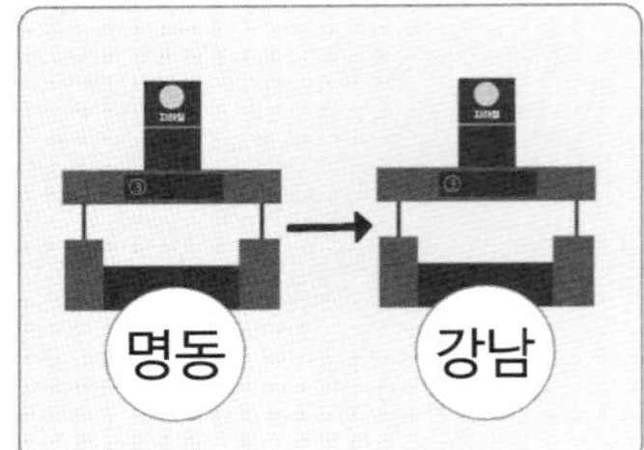

가: ______________________ 어떻게 갔어요?
나: 지하철을 타고 갔어요.

4)
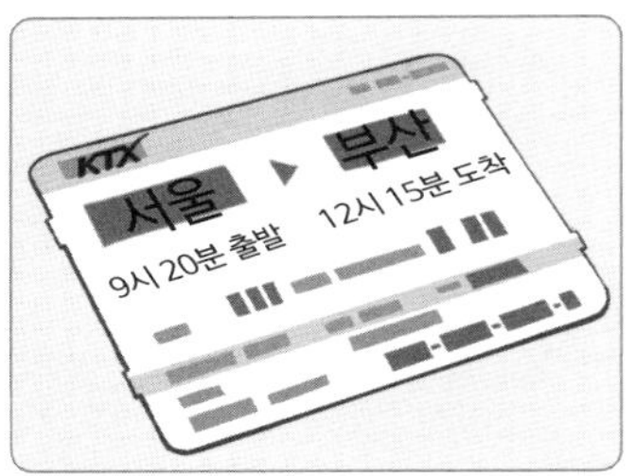

가: ______________________ 얼마나 걸려요?
나: 세 시간쯤 걸려요.

5)
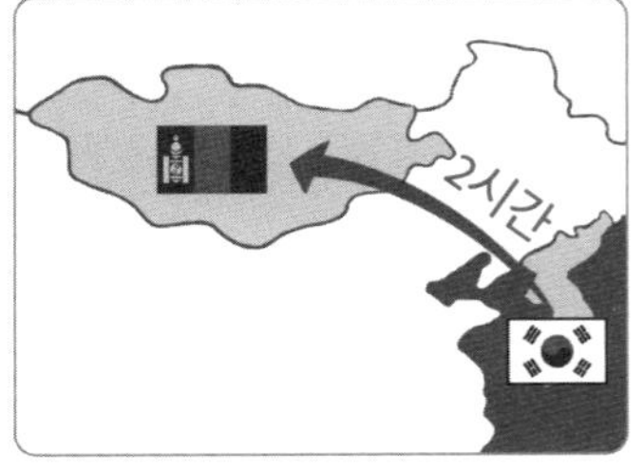

가: ______________________ 얼마나 걸려요?
나: 두 시간쯤 걸려요.

얼마나 多久

2. 그림을 보고 글을 완성해 보세요.
請看圖完成短文。

1)

여기는 우리 집이에요. 우리 집은 지하철역 근처에 있어요. ① 집에서 지하철역까지 5분쯤 걸려요. 가까워요. 지하철역 건너편에 병원이 있어요. ② 집에서 병원까지 10분쯤 걸려요.

2)

여기는 아야나 씨 집이에요. 아야나 씨 집은 학교에서 멀어요. ① ________ 한 시간쯤 걸려요. 하지만 아야나 씨 집 근처에 약국도 있고 백화점도 있어요. ② ________ 15분쯤 걸려요. 백화점이 안 멀어요.

3)

제 고향은 멕시코예요. 저는 미국에서 비행기를 갈아타고 한국에 왔어요. ① ________ 세 시간쯤 걸려요. ② ________ 열두 시간쯤 걸려요. 한국은 고향에서 정말 멀어요.

3. 친구와 이야기해 보세요.
請和朋友說說看。

	친구 이름:	친구 이름:
1) 학교에서 집까지 멀어요?		
2) 집에서 버스 정류장까지 얼마나 걸려요?		
3) 고향에서 한국까지 얼마나 걸려요?		

하지만 但是　멕시코 墨西哥

문법과 표현 4 文法與表現 動-아야/어야 되다

1. 빈칸에 알맞게 쓰세요.
請將正確的答案填入空格內。

	-아야/어야 돼요		-아야/어야 돼요
가다	가야 돼요	배우다	
오다		마시다	
만나다		운동하다	
신다		끄다	
쉬다		쓰다	

2. 그림을 보고 대화를 만들어 보세요.
請看圖完成對話。

1) 

가: 오후에 뭐 해요? 같이 영화 볼까요?

나: 미안해요. 오후에 공항에 가야 돼요 . 친구가 한국에 와요.

2) 

가: 수업 끝나고 뭐 할 거예요?

나: 주말에 청소를 못 했어요. 그래서 ______________ .

3) 

가: 여기에서 내려요?

나: 네. 그리고 버스로 ______________ .

4) 

가: 뭘 살까요?

나: 사과를 ______________ . 집에 사과가 없어요.

5) 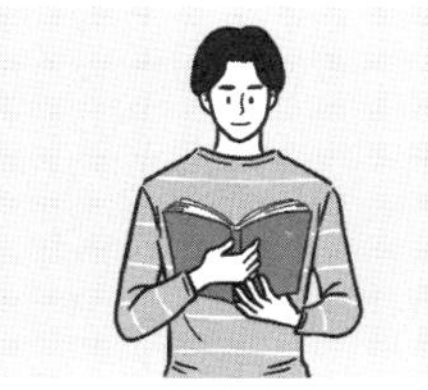

가: 같이 커피 마실까요?

나: 미안해요. 저는 이 책을 ______________________.

6) 

가: 집에 안 가요?

나: 네. 에릭 씨 수업이 안 끝났어요.

그래서 에릭 씨를 ______________________.

7) 

가: 시험공부 많이 했어요?

나: 아니요. 친구가 집에 왔어요. 그래서 못 했어요.

지금부터 열심히 ______________________.

8) 

가: 우유를 매일 마셔요?

나: 네. 우유는 건강에 좋아요.

그래서 매일 ______________________.

3. 친구와 이야기해 보세요.

請和朋友說說看。

여러분 나라에 여행을 가려고 해요.	감기에 걸렸어요.	친구가 우리 집에 와요.	친구 생일이에요.

태국에 여행을 가려고 해요.
뭘 준비해야 돼요?

태국은 더워요.
여름옷을 사야 돼요.

시험공부 準備考試　준비하다 準備　여름옷 夏衣

전화 電話

12-1 요즘 잘 지내지요?

12-2 약속이 있어서 못 갔어요

12-1	어휘	전화 ①
	문법과 표현	動形-지요?
		動形-지만
12-2	어휘	전화 ②
	문법과 표현	動形-아서/어서
		名(이)라서

어휘 詞彙

1. 그림을 보고 알맞은 단어를 골라 쓰세요.
請看圖選填正確的單字。

2. 친구와 이야기해 보세요.
請和朋友說說看。

전화번호 찾아보기

그룹▾ | 전체 | ㄱ | ㄴ | ㄷ | ㄹ | ㅁ | ㅂ | ㅅ | ㅇ | ㅈ | ㅊ | ㅋ | ㅌ | ㅍ | ㅎ |

★	이름	전화번호
☐ ☆	서울대학교 사무실	02-880-5488
☐ ☆	오늘도치킨	031-8094-0712
☐ ☆	관악경찰서	02-870-0376
☐ ☆	사랑병원	02-594-7930

서울대학교 사무실 전화번호 알아요?

네. 알아요.
공이(의) 팔팔공(의) 오사팔팔이에요.

3. 알맞은 것을 골라서 쓰세요.
請選填正確的答案。

받다 보내다 (여보세요) 전화번호 실례지만 누구세요

1) 여보세요 ?

여보세요? 2) ______ ?

저 다니엘이에요.
민우 씨, 제 메시지를 3) ______ ?

아니요. 못 받았어요. 언제 보냈어요?

4) 1시간 전쯤에 ______ .

그래요? 무슨 일이에요?

5) 엥흐 씨 ______ 을/를 알아요?

네. 알아요. 010-0880-5488이에요.

4. 친구와 이야기해 보세요.
請和朋友說說看。

전화번호가 몇 번이에요?

통화를 자주 해요? 메시지를 자주 보내요?

누구하고 영상 통화를 해요?

전 之前

문법과 표현 ① 動形-지요?
文法與表現

1. 그림을 보고 대화를 만들어 보세요.
請看圖完成對話。

1) 

가: 이 버스가 서울대학교로 가지요 ?

나: 네. 서울대학교로 가요.

2) 

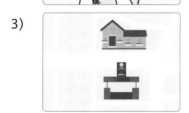

가: ______________________ ?

나: 네. 마셔요.

3) 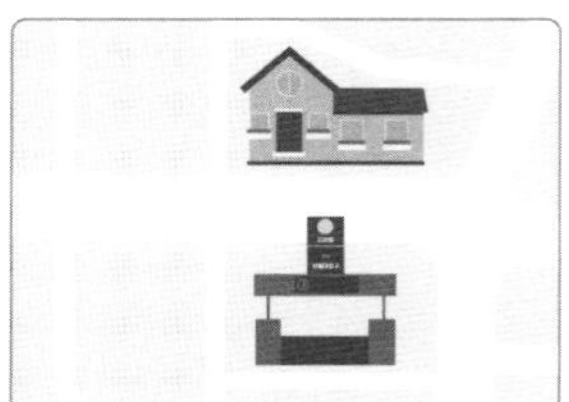

가: ______________________ ?

나: 네. 집이 지하철역에서 가까워요.

4) 

가: ______________________ ?

나: 아니요. 한국 사람이 아니에요.

5) 

가: ______________________ ?

나: 네. 작년에 한국에 왔어요.

6) 

가: ______________________ ?

나: 아니요. 아직 아침을 못 먹었어요.

7) 

가: ______________________ ?

나: 네. 내일 오후에 산에 갈 거예요.

2. 알맞은 단어를 골라서 쓰고 연결해 보세요.

請選填正確的單字，並連連看。

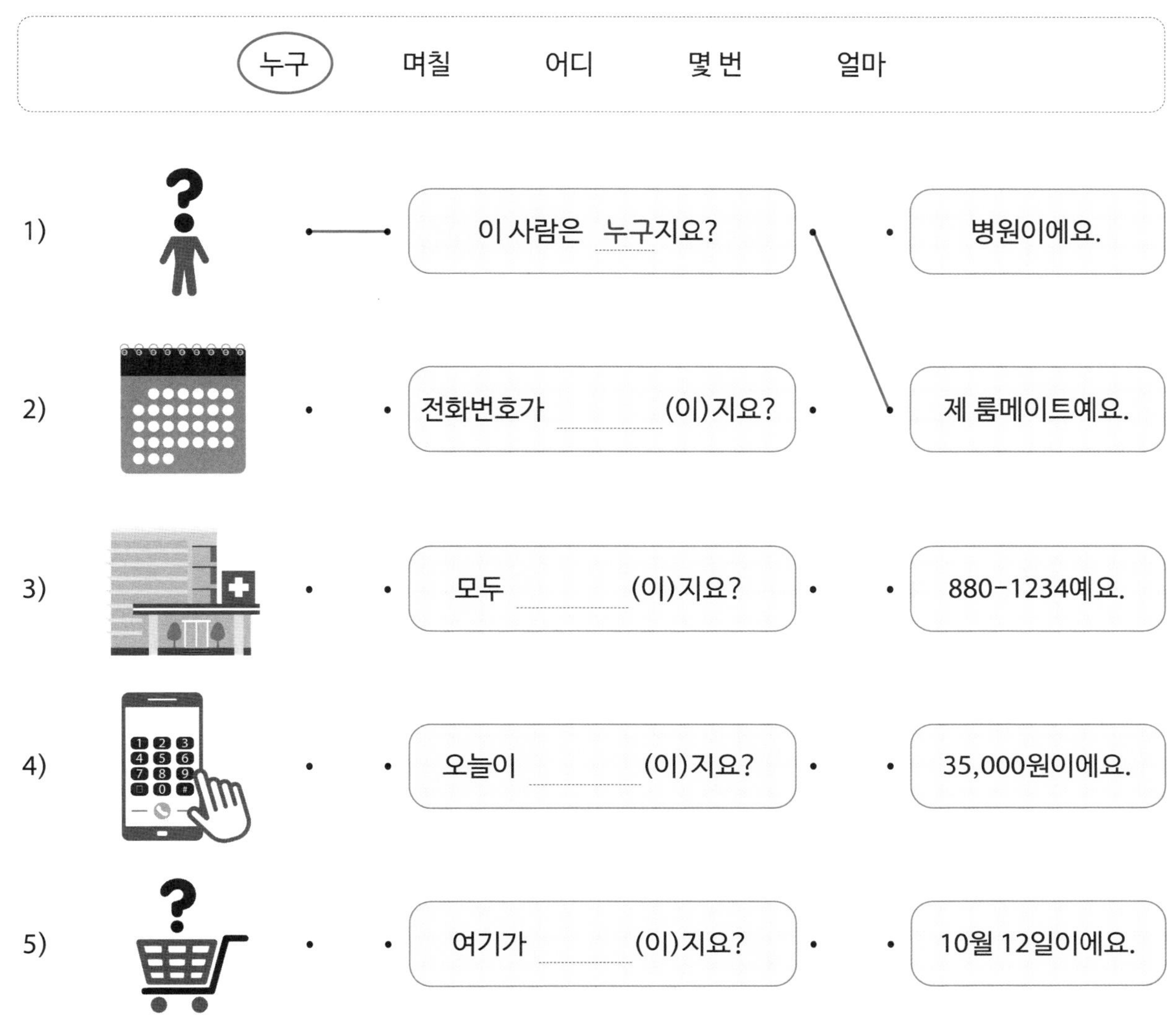

누구
며칠
어디
몇 번
얼마
1)
이 사람은 누구지요?
병원이에요.
2)
전화번호가 (이)지요?
제 룸메이트예요.
3)
모두 (이)지요?
880-1234예요.
4)
오늘이 (이)지요?
35,000원이에요.
5)
여기가 (이)지요?
10월 12일이에요.

3. 친구와 이야기해 보세요.

請和朋友說說看。

	친구 이름:	친구 이름:
1) 한국어 공부가 재미있지요?		
2) 어제 집에서 숙제를 했지요?		
3) 생일이 며칠이지요?		

문법과 표현 2 文法與表現 動形-지만

1. 빈칸에 알맞게 쓰세요.
請將正確的答案填入空格內。

	-지만		-았지만/었지만
먹다	먹지만	보내다	보냈지만
마시다		사귀다	
어렵다		무섭다	
공부하다		찾아보다	
배고프다		따뜻하다	

2. 알맞은 것을 연결해 보세요.
請連接正確的答案。

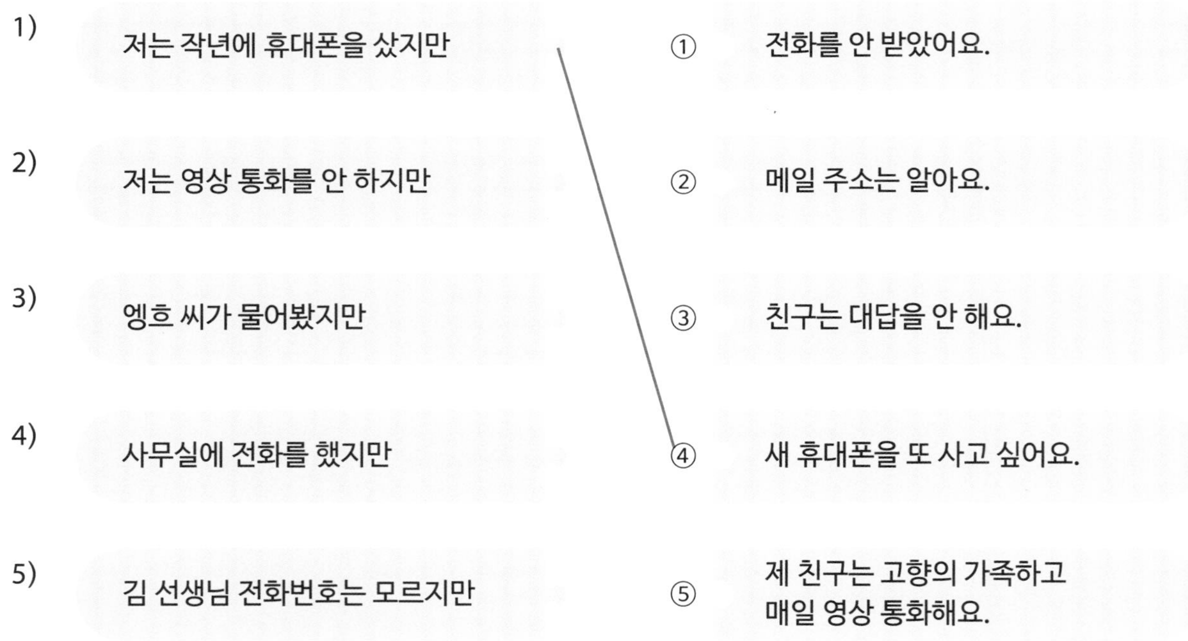

1) 저는 작년에 휴대폰을 샀지만 — ① 전화를 안 받았어요.

2) 저는 영상 통화를 안 하지만 — ② 메일 주소는 알아요.

3) 엥흐 씨가 물어봤지만 — ③ 친구는 대답을 안 해요.

4) 사무실에 전화를 했지만 — ④ 새 휴대폰을 또 사고 싶어요.

5) 김 선생님 전화번호는 모르지만 — ⑤ 제 친구는 고향의 가족하고 매일 영상 통화해요.

알다 知道 물어보다 詢問 새 新的 모르다 不知道

3. 두 문장을 연결하여 쓰세요.
請合併兩個句子並寫下來。

1) 이 휴대폰이 좋아요. | 아주 비싸요.

➡ 이 휴대폰이 좋지만 아주 비싸요 .

2) 이 책이 재미있어요. | 좀 어려워요.

➡ .

3) 머리가 아파요. | 숙제를 해야 돼요.

➡ .

4) 약을 먹었어요. | 기침을 해요.

➡ .

5) 어제는 비가 왔어요. | 오늘은 안 와요.

➡ 어제는 .

6) 제 방에 텔레비전이 있어요. | 냉장고가 없어요.

➡ 제 방에 텔레비전은 .

7) 토요일에 등산했어요. | 일요일에 집에서 쉬었어요.

➡ 토요일에는 .

4. 문장을 완성해 보세요.
請完成句子。

1) 이 음식은 맛있지만 .

2) 오늘 정말 피곤하지만 .

3) 밥을 많이 먹었지만 .

4) 가방을 또 샀어요.

5) 운동을 했어요.

6) 돼지고기는 안 먹어요.

7) 지만 .

어휘 詞彙

1. 알맞은 표현을 골라서 대화를 완성해 보세요.
請選出正確的表現，並試著完成對話。

(부탁이 있다)	준비하다	늦잠을 자다	길이 막히다	기분이 좋다	점수가 좋다	친구하고 놀다

1) 

가: 부탁이 있어요 . 저 좀 도와주세요.

나: 네. 뭘 도와줄까요?

2) 

가: 공부해요?

나: 네. 내일부터 시험이 있어요.

그래서 시험을 ____________.

3) 

가: 우리 버스를 탈까요?

나: ____________. 지하철을 타요.

4) 

가: 왜 오늘 학교에 늦게 왔어요?

나: 죄송합니다. ____________.

5) 

가: 시험 잘 봤어요?

나: 아니요. 열심히 공부했지만 ____________.

6) 

가: 수업이 끝나고 보통 뭐 해요?

나: ____________.

7) 

가: 무슨 일 있어요?

나: 친구하고 싸웠어요. 그래서 ____________.

싸우다 吵架、打架

2. 알맞은 단어를 골라서 문장을 완성해 보세요.

請選擇正確的單字，並試著完成句子。

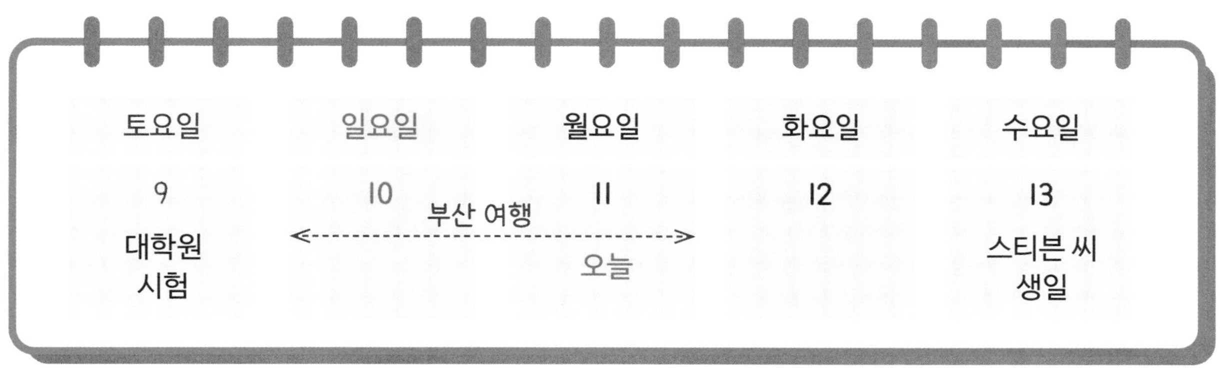

토요일
일요일
월요일
화요일
수요일
9
10
11
12
13
대학원 시험
부산 여행
오늘
스티븐 씨 생일

오늘　어제　그저께　내일　모레

1) 오늘 은 / 는 7월 11일 월요일이에요.

2) ________ 시험을 봤어요. 시험이 조금 어려웠어요.

3) ________ 부산에 왔어요. ________ 까지 부산에서 여행해요.

4) ________ 은 / 는 스티븐 씨 생일이에요. 친구들하고 같이 파티를 준비하려고 해요.

3. 친구와 이야기해 보세요.

請和朋友說說看。

언제 한국어 시험을 봐요?

보통 친구하고 어디에서 놀아요?

여름 방학에 제주도로 여행을 가려고 해요.
뭘 준비해야 돼요?

대학원 研究所

문법과 표현 3 文法與表現 動形-아서/어서

1. 빈칸에 알맞게 쓰세요.
請將正確的答案填入空格內。

	-아서/어서		-아서/어서
자다	자서	좋다	
사다		멀다	
쉬다		맵다	
막히다		아프다	
전화하다		깨끗하다	

2. 알맞은 것을 연결해 보세요.
請連接正確的答案。

1) 전화를 안 받아서 •　　• ① 열심히 공부해요.
2) 운동을 좋아해서 •　　• ② 택시를 탔어요.
3) 빨리 가야 돼서 •　　• ③ 전화했어요.
4) 미안하지만 부탁이 있어서 •　　• ④ 문자를 보냈어요.
5) 한국 대학원에 다니고 싶어서 •　　• ⑤ 매일 스포츠 센터에 가요.

3. 두 문장을 연결하여 쓰세요.
請合併兩個句子，並寫下來。

1) 1시까지 수업이 있어요. / 전화를 못 받아요. ➡ 1시까지 수업이 있어서 전화를 못 받아요.
2) 늦잠을 잤어요. / 수업에 늦었어요. ➡ ______________________.
3) 시험을 준비해야 돼요. / 주말에 못 놀아요. ➡ ______________________.
4) 한국 회사에서 일하고 싶어요. / 한국어를 배워요. ➡ ______________________.

4. 그림을 보고 대화를 완성해 보세요.
請看圖完成對話。

1)

가: 왜 숙제를 안 했어요?

나: 너무 어려워서 못 했어요.

2)

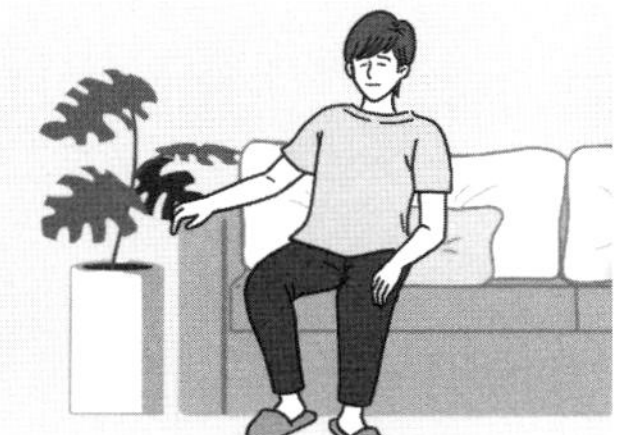

가: 오늘도 많이 피곤해요?

나: ______________ 지금은 괜찮아요.

3)

가: 왜 그 영화를 두 번 봤어요?

나: ______________.

4)

가: 어제 왜 못 잤어요?

나: ______________.

5. 친구와 이야기해 보세요.
請和朋友說說看。

어제 왜 못 쉬었어요?

왜 점심을 안 먹었어요?

왜 한국어를 공부해요?

두 번 兩次

문법과 표현 4 文法與表現 名(이)라서

1. 문장을 완성해 보세요.
請完成句子。

1) 여기는 도서관이에요. ➡ 여기는 도서관이라서 휴대폰을 꺼야 돼요.
2) 모레가 설날이에요. ➡ __________ 학교에 안 가요.
3) 그 사람은 축구 선수예요. ➡ __________ 매일 연습해요.
4) 요즘 세일 기간이에요. ➡ __________ 백화점에 사람이 많아요.
5) 내일이 주말이에요. ➡ __________ 늦잠을 잘 거예요.

2. 그림을 보고 대화를 완성해 보세요.
請看圖完成對話。

1) 

가: 왜 극장에 사람이 많아요?
나: 오늘이 일요일이라서 사람이 많아요.

2) 

가: 저 사람을 알아요?
나: 네. 제 __________ 잘 알아요.

3) 

가: 지금 가족하고 전화할 거예요?
나: 아니요. 내일 아침에 전화할 거예요.
지금 제 고향은 __________ 모두 자요.

4) 

가: 오늘도 도서관에서 공부해요?
나: __________ 준비해야 돼요.

설날 大年初一　기간 期間

3. 그림을 2개 고르고 '(이)라서', '-아서/어서'를 써서 문장을 만들어 보세요.
請選擇2張圖片，使用「(이)라서」或「-아서/어서」造句。

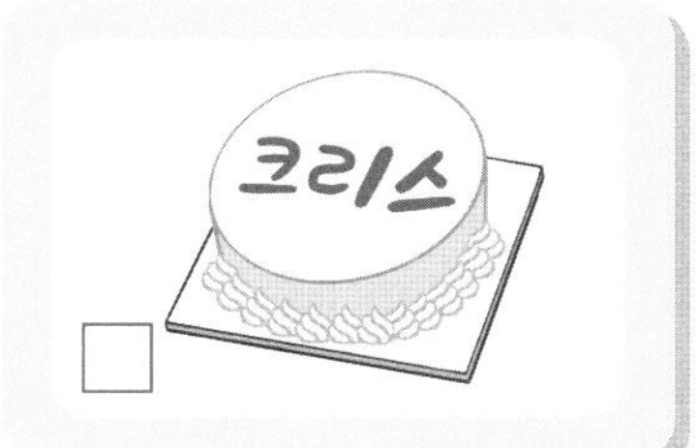

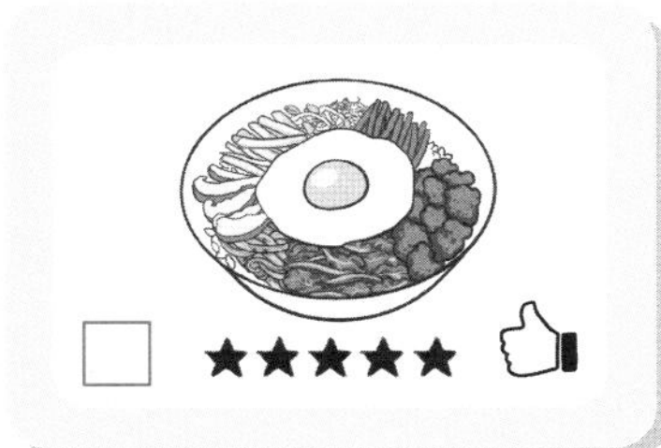

1) 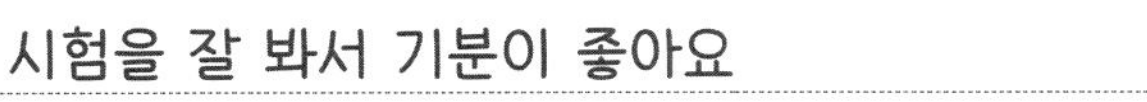

.

2)   .

3) 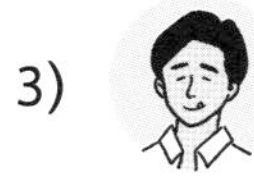  .

4)   .

5)  .

6)  .

복습 6

어휘 詞彙

✐ **아는 단어에 ✔ 하세요.**
請勾選出知道的單字。

11단원

내리다 ☐	지하철 ☐	지하철역 ☐
타다 ☐	버스 ☐	버스 정류장 ☐
갈아타다 ☐	택시 ☐	공항 ☐
배 ☐	기차 ☐	터미널 ☐
비행기 ☐		
가깝다 ☐	오른쪽 ☐	건너편 ☐
멀다 ☐	왼쪽 ☐	건물 ☐
걸리다 ☐	이쪽 ☐	박물관 ☐
기다리다 ☐	그쪽 ☐	전시회 ☐
	저쪽 ☐	

12단원

전화를 받다 ☐	공 ☐	대답 ☐
메시지를 받다 ☐	사무실 ☐	찾아보다 ☐
메시지를 보내다 ☐	전화번호 ☐	여보세요 ☐
	영상 통화 ☐	실례지만 누구세요 ☐
준비하다 ☐	친구하고 놀다 ☐	죄송하다 ☐
시험을 보다 ☐	늦잠을 자다 ☐	그저께 ☐
점수가 좋다 ☐	길이 막히다 ☐	모레 ☐
기분이 좋다 ☐	부탁이 있다 ☐	

[1~3] 그림을 보고 알맞은 단어를 고르세요.
請看圖選出正確的單字。

1.

가: (　　　　　　　　　　).
나: 네. 언어교육원 사무실입니다.

① 죄송해요　② 여보세요　③ 어서 오세요　④ 오랜만이에요

2.

가: 어제 뭐 했어요?
나: 가족하고 (　　　　　　　　　　).

① 메일을 썼어요　② 전화를 받았어요
③ 영상 통화를 했어요　④ 메시지를 보냈어요

3.

가: 박물관이 어디에 있어요?
나: (　　　　　　　　　　).

① 은행 위에 있어요　② 은행 뒤로 가야 돼요
③ 은행 건너편에 있어요　④ 은행 앞에서 내리려고 해요

[4~5] 밑줄 친 부분과 반대되는 뜻을 가진 것을 고르세요.
請選出與畫底線部分有相反意思的答案。

4.

가: 학교가 집에서 멀어요?
나: 아니요. (　　　　　　　　).

① 걸려요　② 가까워요　③ 가벼워요　④ 아름다워요

5.

가: 제 메시지를 받았어요?
나: 아니요. 못 받았어요. 언제 메시지를 (　　　　　　　)?

① 보냈어요　② 읽었어요　③ 찾아봤어요　④ 대답했어요

문법과 표현
文法與表現

11단원

名(으)로	춘천으로 여행을 갈 거예요.
動-(으)려고 하다	저녁에 영화관에 가려고 해요.
名에서 名까지	집에서 학교까지 가까워요?
動-아야/어야 되다	여기에서 내려야 돼요.

12단원

動形-지요?	요즘 잘 지내지요?
動形-지만	공부를 많이 안 했지만 시험 점수가 좋아요.
動形-아서/어서	친구가 전화를 안 받아서 메시지를 보냈어요.
名(이)라서	퇴근 시간이라서 길이 막혀요.

[1~5] 밑줄 친 부분을 고쳐서 쓰세요.
請將畫底線的部分修改正確。

1. 교실으로 가세요. ➡ ____________
2. 날씨가 좋아서 등산할까요? ➡ ____________
3. 주말이 있어서 학교에 안 가요. ➡ ____________
4. 한국에서 일본까지 두 시 걸려요. ➡ ____________
5. 어제 비가 많이 오지만 축구했어요. ➡ ____________

[6~8] 알맞은 것을 골라 두 문장을 한 문장으로 만드세요.
請選出正確的內容，將兩個句子寫成一個句子。

-고　　-지만　　-아서/어서

6. 안나 씨는 그림을 그려요. 닛쿤 씨는 기타를 쳐요.

➡ 안나 씨는 그림을 그리고 닛쿤 씨는 기타를 쳐요 .

7. 한국 회사에 다니고 싶어요. 한국어를 열심히 공부해요.

➡ .

8. 저는 한국 음식을 좋아해요. 김치를 못 먹어요.

➡ .

[9~10] 그림을 보고 대화를 완성하세요.
請看圖完成對話。

9. 가: 왜 학교에 늦게 왔어요?

나: .

10. 가: 여기에서 홍대까지 어떻게 갈 거예요?

나: .

[11~12] 대화를 완성하세요.
請完成對話。

11. 가: ?

나: 제 전화번호는 010-0880-5488이에요.

12. 가: ?

나: 독일로 여행을 가려고 해요.

듣기 聽力

[1~3] 다음을 듣고 물음에 맞는 대답을 고르세요.
請聽完後選出正確的回答。

1. ① 아니요. 멀어요. ② 아니요. 멀지요.
③ 아니요. 가깝지요. ④ 아니요. 가까워요.

2. ① 방학에 가고 싶어요. ② 네. 빨리 가고 싶어요.
③ 부산으로 가고 싶어요. ④ 아니요. 여행 안 가고 싶어요.

3. ① 네. 괜찮아요. ② 어제 전화했어요?
③ 제 휴대폰이 좋아요. ④ 아니요. 지금 없어요.

[4~5] 다음을 듣고 이어지는 말을 고르세요.
請聽完後選出能夠接續的話。

4. ① 네. 걸렸어요. ② 열두 시간쯤 걸렸어요.
③ 백 사십이만 원이에요. ④ 열두 시에 가려고 해요.

5. ① 다음 주에 시험을 봐요. ② 저는 지금 쇼핑해야 돼요.
③ 네. 다음 주 토요일에 만나요. ④ 아니요. 저는 쇼핑을 안 좋아해요.

[6~7] 여기는 어디입니까? 알맞은 것을 고르세요.
這裡是哪裡？請選出正確的答案。

6. ① 버스 안 ② 택시 안 ③ 기차 안 ④ 지하철 안

7. ① 은행 ② 서점 ③ 박물관 ④ 우체국

[8~9] 다음은 무엇에 대해 말하고 있습니까? 알맞은 것을 고르세요.
以下是關於什麼的談話內容？請選出正確的答案。

8. ① 책 ② 사전 ③ 휴대폰 ④ 카메라

9. ① 축제 안내 ② 교통 안내 ③ 주소 안내 ④ 전시회 안내

[10~11] 다음 대화를 듣고 알맞은 그림을 고르세요.
請聽對話，選出正確的圖案。

10. ① 

② 

③ 

④ 

11. ① 
② 
③ 
④ 

[12~13] 다음을 듣고 들은 내용과 같은 것을 고르세요.
請聽完後選出與聽到的內容相同的選項。

12. ① 남자는 생일 선물을 샀어요.
② 남자는 오후에 시간이 없어요.
③ 남자는 내일 백화점에 가려고 해요.
④ 남자하고 여자는 같이 선물을 살 거예요.

13. ① 남자는 부탁이 있어요.
② 여자는 한국어를 잘해요.
③ 남자는 여자하고 같이 연습했어요.
④ 여자는 한국어 발음 연습을 하고 싶어 해요.

[14~15] 다음을 듣고 물음에 답하세요.
請聽完後回答問題。

14. 여자는 부산에 뭘 타고 갔습니까?
① 배 ② 버스 ③ 비행기 ④ 자전거

15. 여자는 부산에서 뭘 했습니까?
① 바다를 구경했어요.
② 수영하고 배를 탔어요.
③ 시장에서 삼겹살을 샀어요.
④ 친구 집에서 회를 먹었어요.

읽기 閱讀

[1~3] (　　)에 들어갈 가장 알맞은 것을 고르세요.
請選出最適合填入（　）內的詞語。

1. 여행을 하려고 합니다. 그래서 (　　　　　　　　　).

① 걸어올 겁니다　② 두 시간 걸립니다　③ 구경해야 합니다　④ 준비해야 합니다

2. 서울역에서 501번 버스를 타고 시청역으로 가세요. 시청역에서 지하철로 (　　　　　　).

① 타세요　② 내리세요　③ 갈아타세요　④ 기다리세요

3. 그저께 친구 생일이라서 파티를 했어요. (　　　　　　　　　) 정말 기분이 좋았어요.

① 부탁이 있어서　② 길이 막혔지만　③ 늦잠을 잤지만　④ 친구하고 놀아서

[4~5] 다음을 읽고 맞지 않는 것을 고르세요.
請閱讀完後選出錯誤的選項。

4.

다니엘 씨, 제니예요.

전화를 안 받아서 메시지를 보내요.

미국 친구가 한국에 와서 저는 내일 공항에 가야 돼요. 생일 파티에 못 가서 미안해요.

금요일에 학교에서 만나요.

① 다니엘은 내일 생일 파티를 할 거예요.
② 제니는 다니엘의 생일 파티에 못 가요.
③ 제니는 부탁이 있어서 메시지를 보냈어요.
④ 제니의 미국 친구는 내일 한국에 올 거예요.

5.

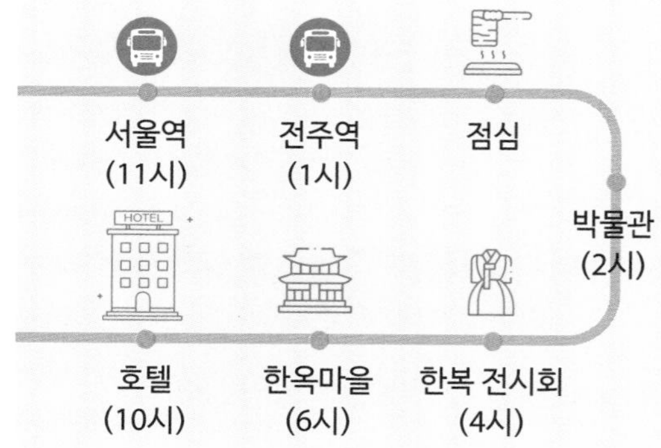

① 점심을 먹고 박물관에 갈 거예요.
② 한복을 입고 전시회에 가려고 해요.
③ 서울에서 전주까지 두 시간쯤 걸려요.
④ 전시회를 구경하고 한옥마을로 갈 거예요.

[6~7] 다음을 읽고 순서가 알맞은 것을 고르세요.
請讀完後選出排列順序正確的選項。

6.

(가) 저는 친구들하고 춘천에 갈 거예요.
(나) 테오 씨, 이번 주 주말에 뭐 할 거예요?
(다) 늦잠을 좀 자고 책을 읽으려고 해요. 나나 씨는요?
(라) 그래요? 그런데 나나 씨 집에서 춘천까지 얼마나 걸려요?

① (가) - (나) - (다) - (라)
② (가) - (나) - (라) - (다)
③ (나) - (가) - (라) - (다)
④ (나) - (다) - (가) - (라)

7.

(가) 오늘은 토요일입니다.
(나) 영화를 보고 친구하고 놀았습니다.
(다) 그래서 늦잠을 자고 오후 2시에 영화관에 갔습니다.
(라) 영화관은 우리 집 건너편에 있습니다. 걸어서 15분쯤 걸립니다.

① (가) - (다) - (라) - (나)
② (가) - (다) - (나) - (라)
③ (라) - (가) - (다) - (나)
④ (라) - (다) - (가) - (나)

[8~10] 다음 내용과 같은 것을 고르세요.
請選出與下列內容相同的選項。

8.

지난 방학에 저는 경주로 여행을 갔어요. 경주에 기차를 타고 가고 싶었지만 표가 없어서 버스를 타고 갔어요. 경주는 서울에서 3시간 반쯤 걸려요. 저는 버스 안에서 친구들하고 이야기를 많이 했어요.

① 저는 기차를 타고 서울에 왔어요.
② 경주에서 서울까지 네 시간 반쯤 걸려요.
③ 기차표가 없어서 버스를 타고 경주에 갔어요.
④ 친구들은 기차 안에서 이야기를 많이 했어요.

9.

어제부터 다음 주 금요일까지 여의도에서 축제를 해요. 저는 어제 6시에 에릭 씨하고 같이 축제에 가려고 했어요. 그런데 5시쯤 에릭 씨가 문자를 보냈어요. "낮에 다리를 다쳤어요. 미안하지만 오늘 같이 못 가요. 지금 병원에 있어요." 그래서 저는 축제에 못 가고 집에 있었어요.

① 저는 오늘 낮에 다리를 다쳤어요.

② 저는 다음 주에 여의도 축제에 가요.

③ 저는 오늘 에릭 씨의 병원에 가야 돼요.

④ 저는 어제 축제에 가려고 했지만 안 갔어요.

10.

저는 오늘 2시에 테오 씨를 만나야 돼서 1시에 기숙사 앞에서 버스를 탔습니다. 그런데 길이 너무 막혀서 다시 지하철로 갈아탔습니다. 2시쯤에 지하철에서 테오 씨의 문자를 받았습니다. "아야나 씨, 지금 어디에 있어요? 저는 강남역에 왔어요."

① 저는 두 시에 버스를 탔어요.

② 저는 지하철에서 문자를 보냈어요.

③ 친구는 두 시에 강남역에 있었어요.

④ 친구는 지하철에서 버스로 갈아탔어요.

[11] 다음을 읽고 중심 생각을 고르세요.
請讀完後選出中心思想。

11.

저는 인터넷에서 한국 친구 다현 씨를 처음 만났어요. 제가 한국어를 못해서 우리는 전화를 못 했어요. 하지만 요즘은 한국어를 조금 배워서 한국어로 문자를 보내요. 어제는 다현 씨하고 영상 통화를 했어요. 다현 씨는 정말 똑똑하고 친절해요. 다현 씨하고 이야기를 많이 하고 싶어서 저는 한국어를 더 열심히 공부하려고 해요.

① 제 한국 친구가 친절하고 똑똑해요.

② 저는 한국어를 배웠지만 잘 못해요.

③ 저는 한국어를 열심히 공부할 거예요.

④ 저는 한국어로 문자도 보내고 영상 통화도 해요.

[12~13] 다음을 잘 읽고 알맞은 것을 고르세요.
請讀完後選出正確的答案。

저는 그림을 좋아합니다. 그래서 전시회에 자주 갑니다. 지난주에는 '건물 그림' 전시회에 갔습니다. 전시회는 '서울박물관'에서 했습니다. 그림이 정말 멋있었습니다. 박물관에서 그림을 보고 화가도 만났습니다. 저는 그 화가의 명함을 받았습니다. 화가는 그림 교실에서 그림도 가르칩니다. 저는 화가의 그림 교실에서 그림을 배우려고 합니다. (   ) 다음 주에 화가의 그림 교실에 갈 겁니다.

12. (   )에 알맞은 말은 무엇입니까?

① 그래서 ② 그리고 ③ 그런데 ④ 그렇지만

13. 이 글의 내용과 같은 것을 고르세요.

① 저는 지난주부터 그림을 배웠어요.
② 저는 박물관에서 그림을 구경했어요.
③ 저는 화가의 명함을 보고 전시회에 갔어요.
④ 저는 시간이 없어서 그림 교실에 못 갔어요.

[14~15] 다음을 잘 읽고 알맞은 것을 고르세요.
請讀完後選出正確的答案。

그저께 저는 친구하고 같이 춘천으로 여행을 갔어요. 우리는 용산역에서 기차를 타고 춘천까지 갔어요. 한 시간 반쯤 걸렸어요. 정말 가까웠어요.

배가 고파서 우리는 먼저 식당을 찾아봤어요. 우리는 '닭갈비 맛집'에 갔어요. 그리고 거기에서 점심을 먹었어요. 식당에 사람들이 너무 많아서 한 시간을 기다렸지만 음식이 아주 맛있었어요. 친구하고 춘천 시내에서 놀고 '남이섬'에 갔어요. 남이섬은 춘천에 있지만 배를 타고 가야 돼요. 친구와 저는 ㉠**거기**에서 자전거를 타고 산책을 했어요. 사진도 많이 찍었어요. 우리는 거기에서 캠핑을 하고 하늘을 봤어요. 밤하늘이 정말 아름다웠어요.

14. ㉠**거기**는 어디입니까?

① 시내 ② 식당 ③ 기차역 ④ 남이섬

15. 이 글의 내용과 같은 것을 고르세요.

① 친구는 사진을 잘 찍어요.
② 우리는 남이섬에 배를 타고 갔어요.
③ 우리는 점심에 남이섬에서 캠핑을 할 거예요.
④ 우리는 배가 고파서 식당에 갔지만 사람이 없었어요.

쓰기 寫作

✏ **질문을 잘 읽고 200~300자로 글을 쓰세요.**
閱讀完問題後，請寫下200~300字的文章。

여러분은 친구하고 어디에 갔습니까?
어떻게 갔습니까? 거기에서 무엇을 했습니까? 어땠습니까?

글을 다 썼어요?
다시 한번 읽어 보세요.

말하기 會話

1. 문법을 사용해서 친구와 이야기해 보세요.
請使用文法和朋友說說看。

名 (으)로

1) 오늘 수업 끝나고 집으로 가요?

2) 화장실이 어디에 있어요?

動 -(으)려고 하다

3) 방학에 뭐 하려고 해요?

4) 모레 시간이 있어요?

名 에서 名 까지

5) 고향에서 한국까지 얼마나 걸려요?

6) 학교에서 집까지 어떻게 가요?

動 -아야/어야 되다

7) 감기에 걸렸어요. 어떻게 해야 돼요?

8) 부산으로 여행을 갈 거예요. 뭘 준비해야 돼요?

動 形 -지요?

9) 한국어 공부가 재미있지요?

10) 오늘이 며칠이지요?

動 形 -지만

11) 한국 음식이 어때요?

12) 어제 가족하고 영상 통화를 했어요?

動 形 -아서/어서

13) 왜 한국에 왔어요?

14) 왜 그 식당에 자주 가요?

名 (이)라서

15) 왜 극장에 사람이 많아요?

16) 그 사람은 왜 노래를 잘해요?

2. 그림을 보고 이야기를 만들어 보세요.

請看圖說故事。

- ☐ 名(으)로
- ☐ 動-(으)려고 하다
- ☐ 名에서 名까지
- ☐ 動-아야/어야 되다
- ☐ 動形-지요?
- ☐ 動形-지만
- ☐ 動形-아서/어서
- ☐ 名(이)라서

발음 發音

11단원

車站名稱如果有終聲「ㄹ」，則為「역」加上[ㄹ]來發音；如果是「ㄹ」以外的終聲，則加上[ㄴ]來發音。

서울역에서 버스를 타요.
[서울려게서]

어제 삼성역에 갔어요.
[삼성녀게]

🎧 잘 듣고 따라 해 보세요.
請聽完後跟著唸唸看。

06

❶ **시청역에서** 만날까요?

❷ **고속터미널역이** 어디예요?

12단원

終聲「ㅂ」之後出現的「ㄱ, ㄷ, ㅂ, ㅅ, ㅈ」，讀為[ㄲ, ㄸ, ㅃ, ㅆ, ㅉ]。

연필은 없지만 볼펜은 있어요.
[업찌만]

공원에 가고 싶지만 지금 머리가 아파요.
[십찌만]

🎧 잘 듣고 따라 해 보세요.
請聽完後跟著唸唸看。

07

❶ 산책하고 **싶지만** 바빠요.

❷ 딸기케이크는 **없지만** 바나나케이크는 있어요.

🎧 잘 듣고 따라 해 보세요.
請聽完後跟著唸唸看。

08

❶ 가: 내일 뭐 할 거예요?
나: 잠실역에 가려고 해요.

❷ 가: 주말에 강남역에 갈까요?
나: 미안해요. 저도 가고 싶지만 아르바이트해야 돼요.

옷과 외모 衣服和外表

13-1 싸고 예쁜 옷이 많아요

13-2 긴 바지를 자주 입어요

13-1	어휘	형용사 ④
	문법과 표현	動形-네요 形-(으)ㄴ 名
13-2	어휘	의복
	문법과 표현	'ㄹ' 탈락 動-는 名

어휘 詞彙

1. 그림을 보고 알맞은 말을 쓰세요.
請看圖寫出正確的答案。

1) 머리가 길어요 __________. 2) 머리가 __________.

3) 키가 __________. 4) __________.

5) 산이 __________. 6) __________.

2. 그림을 보고 알맞은 말을 쓰세요.
請看圖寫出正確的答案。

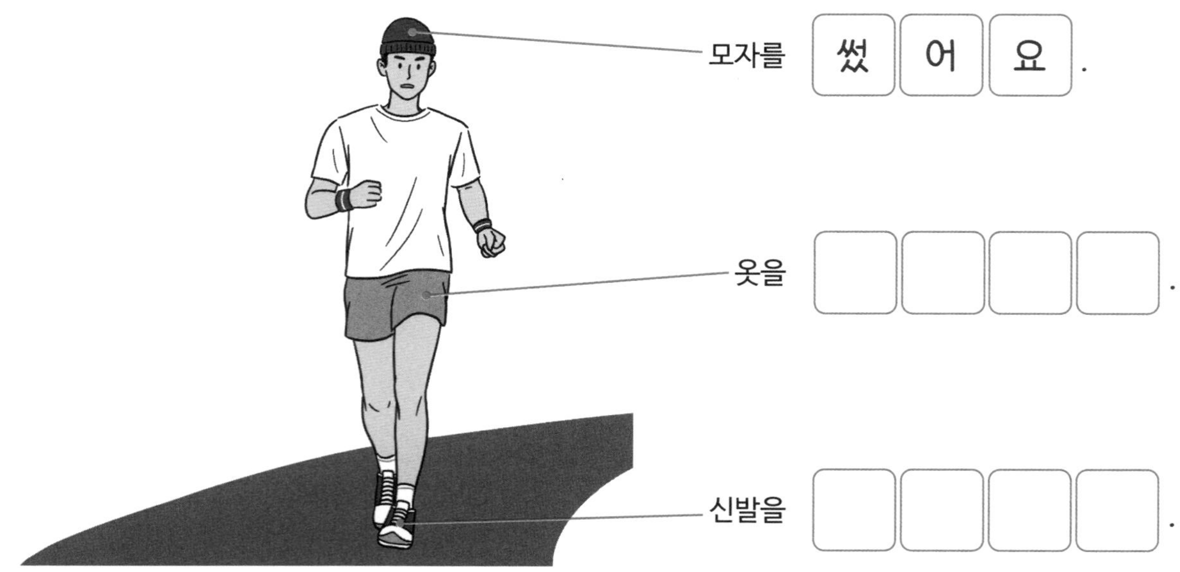

3. 그림을 보고 알맞은 말을 골라 대화를 만들어 보세요.
請看圖選出正確的答案，並試著完成對話。

길다	높다	신다	입다	벗다	키가 크다	키가 작다

1) 가: 여기에서 모자를 벗어야 돼요 ?
나: 아니요. 괜찮아요.

2) 가: 이 옷 어때요?
나: 좀 ________.

3) 가: 이 건물이 정말 ________.
나: 네. 123층까지 있어요.

4) 가: 좀 추워요.
나: 그래요? 그럼 이 옷을 ________.

5) 가: 발이 좀 아파요.
나: 많이 아파요? 그럼 이거 ________.

6) 가: 동생도 ________?
나: 아니요. 제 동생은 ________.

신발 鞋子

문법과 표현 1 文法與表現

動形-네요

1. 그림을 보고 대화를 만들어 보세요.
請看圖完成對話。

1) 

가: 이 가방 어때요?

나: 예쁘네요 . 어디에서 샀어요?

2) 

가: 이 책 쉽지요?

나: 네. 정말 쉽고 ______________________.

3) 

가: 여기는 정말 ______________________.

나: 네. 조용하지요? 그래서 저는 여기에 자주 와요.

4) 

가: 이 식당 음식 어때요?

나: ______________________. 다음에 또 와요.

5) 

가: 오늘은 백화점에 사람이 정말 ______________________.

나: 네. 세일 기간이라서 사람이 많아요.

6) 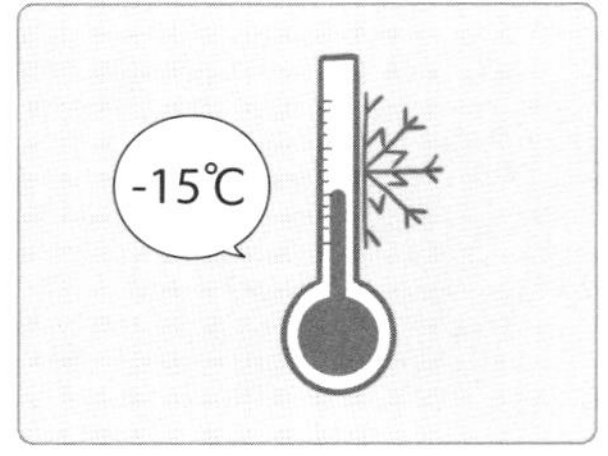

가: 오늘은 정말 ______________________.

나: 네. 정말 추워요.

조용하다 安靜的

2. 그림을 보고 대화를 만들어 보세요.
請看圖完成對話。

1)

가: 비가 많이 오네요 .

나: 네. 이번 주에 비가 많이 올 거예요.

2)

가: 엥흐 씨는 책을 정말 많이 ______.

나: 네. 저는 책을 좋아해요.

3)

가: 그림을 정말 잘 ______.

나: 고마워요.

4)

가: 눈이 많이 ______.

나: 네. 그래서 지금 길이 복잡해요.

5)

가: 오늘 점심에 비빔밥을 두 그릇 먹었어요. 배가 너무 고팠어요.

나: 그래요? 많이 ______.

3. 친구를 칭찬해 보세요.
請試著稱讚朋友。

아야나 씨는 한국어를 정말 잘하네요.
고마워요. 에릭 씨는 발음이 좋네요.

발음 發音

문법과 표현 2 文法與表現 形-(으)ㄴ 名

1. 빈칸에 알맞게 쓰세요.
請將正確的答案填入空格內。

	-(으)ㄴ		-(으)ㄴ
흐리다	흐린	덥다	
바쁘다		무겁다	
예쁘다		어렵다	
많다		귀엽다	
높다		재미있다	
낮다		맛있다	

2. 그림을 보고 대화를 만들어 보세요.
請看圖完成對話。

1) 

가: 어떤 노래를 좋아해요?

나: 저는 슬픈 노래를 좋아해요.

2) 

가: 어떤 차를 살 거예요?

나: ________ 차를 사려고 해요.

3) 

가: 오늘 날씨가 어때요?

나: 날씨가 추워요. ________ 옷을 입으세요.

4) 

가: ________ 노트북을 사고 싶어요.

나: 아, 네. 잠깐만 기다리세요.

 어떤 什麼樣的 슬프다 悲傷的 잠깐만 一會兒

3. 질문에 답해 보세요.
請回答問題。

1)

가: 집에 어떤 가방이 많아요?

나: 큰 가방이 많아요 .

☑크다 □작다

2)

가: 어떤 필통을 사고 싶어요?

나: ______________________________.

□귀엽다 □예쁘다

3)

가: 어떤 영화를 보고 싶어요?

나: ______________________________.

□재미있다 □무섭다

4)

가: 어떤 날씨를 좋아해요?

나: ______________________________.

□맑고 따뜻하다 □바람이 불고 시원하다

4. 친구와 이야기해 보세요.
請和朋友說說看。

1) 가: 어떤 사람을 좋아해요?

나: ______________________________.

2) 가: 어떤 음식을 자주 먹어요?

나: ______________________________.

3) 가: 지난주에 어떤 영화를 봤어요?

나: ______________________________.

어휘 詞彙

1. 알맞은 것을 연결해 보세요.
請連接正確的答案。

바지 • 치마 • 티셔츠 • 원피스 •

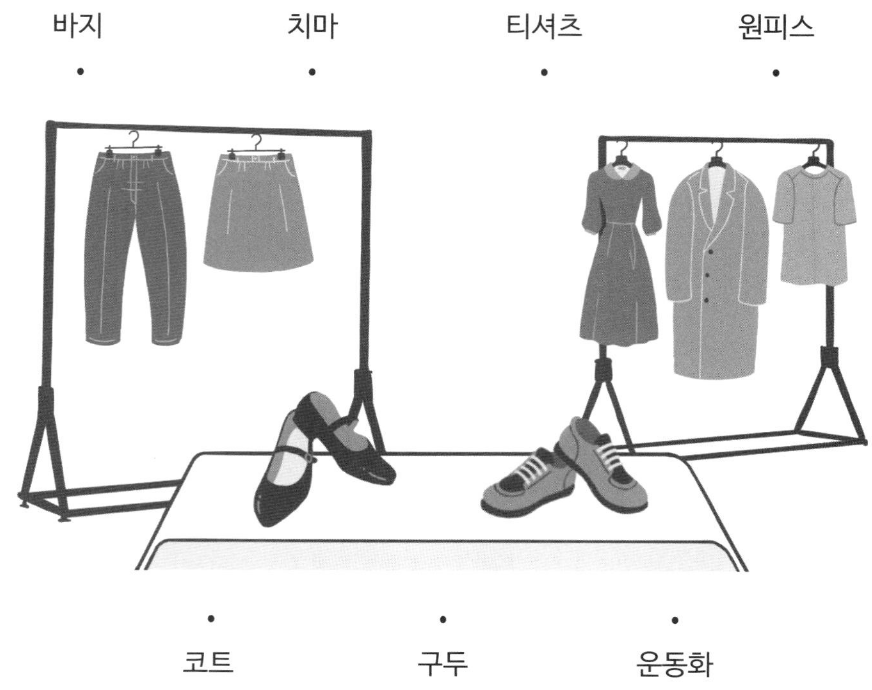

• 코트 • 구두 • 운동화

2. 그림을 보고 대화를 만들어 보세요.
請看圖完成對話。

1) 

가: 그 운동화 어때요?

나: 가볍고 편해요 .

2) 

가: 그 의자 어때요?

나: 의자가 좀 __________ .

3) 

가: 산에 가려고 해요. 어떤 옷을 입어야 돼요?

나: __________ 옷을 입지 마세요. __________ 옷을 많이 입으세요.

3. 그림을 보고 알맞은 말을 골라 대화를 만들어 보세요.
請看圖選出正確的答案，並試著完成對話。

한복　　얇다　　편하다　　두껍다　　불편하다

1) 이 사람은 겨울옷을 입었어요.
옷이 두꺼워요 .

2) 이 사람들은 ________ 을/를 입었어요.
________ 이/가 예뻐요.

3) 이 운동화는 정말 ________ .
그래서 저는 매일 이 운동화를 신어요.

4) 이 옷은 조금 ________ 지만 오늘 결혼식에 가야 돼서 이 옷을 입었어요.

5) 어제 이 책을 샀어요.
이 책은 정말 ________ .

겨울옷 冬衣　결혼식 婚禮

문법과 표현 ③ 'ㄹ' 탈락
文法與表現

1. 빈칸에 알맞게 쓰세요.
請將正確的答案填入空格內。

	-아요/어요	-네요	-ㅂ니다/습니다
알다	알아요	아네요	압니다
놀다			
살다			
팔다			
열다			
불다			
만들다			
길다			
멀다			

2. 다음을 보고 맞으면 ○, 틀리면 × 하고 틀린 곳을 고쳐 쓰세요.
請看以下小題，正確請打○，錯誤請打×，並請改正錯誤的小題。

	○/×	고쳐 쓰세요.
1) 동생이 강아지하고 놀네요.	×	노네요
2) 학교에서 집까지 멉니다.		
3) 그 사람을 알습니까?		
4) 저는 길은 바지를 좋아해요.		
5) 저는 서울에서 혼자 살습니다.		

살다 住　팔다 賣　열다 打開

3. 그림을 보고 대화를 완성해 보세요.
請看圖完成對話。

1)

가: 이 병원은 일요일에도 문을 여네요.

나: 네. 이 근처에서 여기만 주말에 문을 열어요.

2)

가: 오늘 저녁에 무슨 요리를 할 거예요?

나: 한국 음식을 ______________(으)ㄹ 거예요.

3)

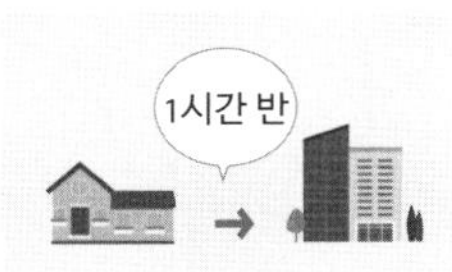

가: 저 바지 어때요?

나: ______________(으)ㄴ 바지를 안 좋아해요. 짧은 바지를 살 거예요.

4)

가: 집에서 회사까지 ______________ㅂ/습니까?

나: 네. ______________ㅂ/습니다.

4. 카드를 골라서 문장을 만들어 보세요.
請抽卡片並完成造句。

놀다	알다	살다	팔다	열다
불다	만들다	길다	멀다	
-아요/어요	-네요	-ㅂ/습니다	-(으)려고 해요	-고

저는 주말에 케이크를 만듭니다.

문법과 표현 4 文法與表現

動-는 名

1. 빈칸에 알맞게 쓰세요.
請將正確的答案填入空格內。

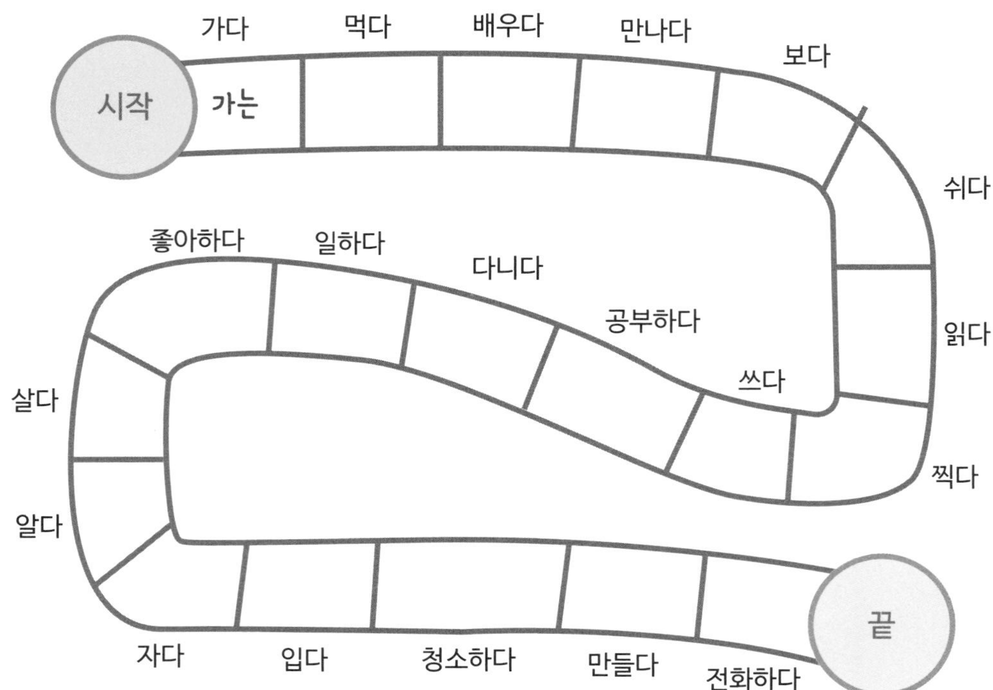

2. 그림을 보고 대화를 만들어 보세요.
請看圖完成對話。

1)

가: 지금 책을 읽는 사람은 누구예요?

나: 에릭 씨예요.

2)

가: 여기가 어디예요?

나: 여기는 제가 ______________ 학교예요.

3)

가: 나나 씨, 지금 ________________ 영화가 재미있어요?

나: 네. 정말 재미있어요.

4)

가: 요즘 제주도로 ________________ 사람이 많지요?

나: 네. 정말 많아요.

5)

가: 아야나 씨, 지금 ________________ 음식이 뭐예요?

나: 이거요? 우리 고향 음식이에요.

3. 친구와 이야기해 보세요.

請和朋友說說看。

좋아하는 과일	요즘 읽는 책	자주 먹는 음식
좋아하는 노래	자주 가는 곳	좋아하는 가수

자주 먹는 음식이 뭐예요?

제가 자주 먹는 음식은 떡볶이예요.
저는 매운 음식을 아주 좋아해요.

곳 地方

초대와 약속 邀請和約定

14-1 우리 집에 축구 보러 오세요

14-2 주스를 마시면서 기다리고 있어요

14-1	어휘	**초대와 약속 ①**
	문법과 표현	動-(으)러 가다/오다 動-(으)ㄹ 수 있다/없다
14-2	어휘	**초대와 약속 ②**
	문법과 표현	動-고 있다 動-(으)면서

어휘 詞彙

1. 그림을 보고 알맞은 말을 쓰세요.
請看圖寫出正確的答案。

1) 초대하다 2) __________ 3) __________ 4) __________ 5) __________

2. 그림을 보고 알맞은 말을 골라 대화를 만들어 보세요.
請看圖選出正確的答案，並試著完成對話。

늦다	(초대하다)	축하하다	식사하다	선물을 받다	양복을 입다

1)

가: 생일 파티에 우리 반 친구들이 모두 와요?

나: 네. 그리고 한국에 있는 고향 친구들도 초대했어요 .

2)

가: 생일 __________! 제 선물이에요.

나: 정말 고마워요.

3)

가: 시험이 끝나고 뭐 할 거예요?

나: 친구들하고 식당에서 __________고
노래방에 갈 거예요.

4)

가: 나나 씨, 티셔츠가 정말 예쁘네요! 어디에서 샀어요?

나: 이거요? 제가 안 샀어요.
작년 생일에 __________.

5) 가: 오늘 왜 학교에 ______________________?

나: 죄송합니다. 길이 너무 막혀서 늦었어요.

6) 가: 테오 씨, 결혼식에 뭘 입고 갈 거예요?

나: 멋있는 ______________________ 고 갈 거예요.

3. 친구와 이야기해 보세요.

請和朋友說說看。

1) 가: 작년 생일에 무슨 선물을 받았어요?

나: ______________________.

2) 가: 생일 파티에 누구를 초대할 거예요?

나: ______________________.

4. 이번 달에 누가 생일이에요? 여러분 나라 말과 한국어로 생일 축하 노래를 해 보세요.

這個月是誰的生日呢？請用你們國家的語言和韓語唱生日快樂歌。

생일 축하합니다.
Cumpleaños feliz.
Joyeux anniversaire.
祝你生日快樂。
誕生日おめでとう。
Happy birthday to you.

문법과 표현 1 文法與表現 動-(으)러 가다/오다

1. 빈칸에 알맞게 쓰세요.
請將正確的答案填入空格內。

	-(으)러 가요/와요		-(으)러 가요/와요
먹다	먹으러 가요	여행하다	
읽다		축구하다	
찍다		식사하다	
만나다		놀다	
배우다		만들다	

2. 그림을 보고 대화를 만들어 보세요.
請看圖完成對話。

1) 

가: 인사동에 뭐 하러 가요?

나: 전시회를 구경하러 가요.

2) 

가: 도서관에 뭐 하러 가요?

나: 책을 ______________.

3) 

가: 극장에 왜 가요?

나: 제가 좋아하는 영화를 ______________.

4) 

가: 왜 한국에 왔어요?

나: 한국어를 ______________.

3. 알맞은 것을 연결해 보세요.

請連接正確的答案。

1)	머리가 너무 아파서 •	• 자전거를 타러 •	• 백화점에 가야 돼요.
2)	날씨가 좋아서 •	• 한국어를 배우러 •	• 약국에 가려고 해요.
3)	따뜻한 옷이 없어서 •	• 겨울옷을 사러 •	• 한국에 왔어요.
4)	나나 씨 생일이라서 •	• 약을 사러 •	• 나나 씨 집에 갈 거예요.
5)	한국 회사에서 일하고 싶어서 •	• 생일 파티 하러 •	• 공원에 가고 싶어요.

4. 친구와 이야기해 보세요.

請和朋友說說看。

카페에 왜 가요?
따뜻한 커피를 마시러 가요.

문법과 표현 2 文法與表現 動-(으)ㄹ 수 있다/없다

1. 빈칸에 알맞게 쓰세요.
請將正確的答案填入空格內。

	-(으)ㄹ 수 있어요/없어요		-(으)ㄹ 수 있어요/없어요
먹다	먹을 수 있어요	타다	
읽다		치다	
입다		빌리다	
요리하다		보내다	
운전하다		놀다	
수영하다		만들다	

2. 그림을 보고 대화를 완성해 보세요.
請看圖完成對話。

1) 

가: 내일 제 생일 파티에 올 수 있어요?

나: 정말 미안하지만 갈 수 없어요. 내일은 약속이 있어요.

2) 

가: 한국어를 할 수 있어요?

나: 네. 저는 외국 사람이지만 ______________.

3) 

가: 어제 숙제를 했어요?

나: 아니요. 너무 어려워서 ______________.

4) 

가: 어제 왜 산에 안 갔어요?

나: 다리가 아파서 ______________.

빌리다 租借

3. 친구와 이야기해 보세요.

請和朋友說說看。

	친구 이름:	친구 이름:
1) 매운 음식을 먹을 수 있어요?		
2) 한국 노래를 할 수 있어요?		
3) ________ 을/를 그릴 수 있어요?		
4) 무서운 영화를 혼자 볼 수 있어요?		
5) 겨울에 바다에서 수영을 할 수 있어요?		
6) 이번 주 주말에 강남역에서 같이 놀 수 있어요?		
7) 10부터 1까지 한국어로 빨리 말할 수 있어요?		
8) 외국어를 몇 개 할 수 있어요?		
9) 무슨 음식을 만들 수 있어요?		
10) 내일 학교에 몇 시까지 올 수 있어요?		
11) ________________?		

외국어 外語

어휘 詞彙

1. 그림을 보고 알맞은 단어를 쓰세요.

請看圖寫出正確的單字。

혼자　함께　울다　웃다　춤추다　들어가다

1) 혼자　2) ______　3) ______

4) ______　5) ______　6) ______

2. 그림을 보고 알맞은 말을 골라 대화를 만들어 보세요.

請看圖選出正確的答案，並試著完成對話。

근처　함께　울다　웃다　춤추다　친하다　들어오다

1)

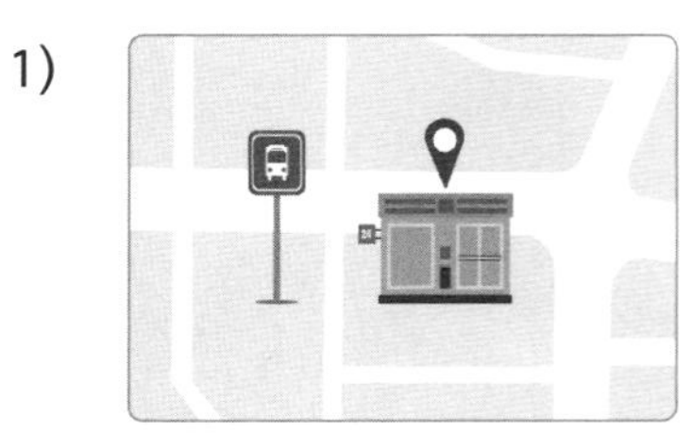

가: 실례지만 이 근처 에 편의점이 어디에 있어요?

나: 저기 버스 정류장 옆에 있어요.

2)

가: 우리 반에서 제일 ______ 친구가 누구예요?

나: 마리 씨예요. 우리는 주말에도 자주 만나요.

3) 

가: 닛쿤 씨, 괜찮아요? 왜 ______________________?

나: 이 영화가 너무 슬퍼요.

4) 

가: 내일 파티에 혼자 갈 거예요?

나: 아니요. 친구하고 ______________________ 갈 거예요.

5) 

가: 어제 홍대에 왜 갔어요?

나: ______________________ 갔어요.

6) 

가: 룸메이트는 언제 집에 ______________________?

나: 10시쯤 들어올 거예요. 지금 친구 만나러 갔어요.

7) 

가: 저 사람을 알아요? 아까 에릭 씨를 보고 ______________________.

나: 아, 제 대학원 친구예요.

3. 친구와 이야기해 보세요.

請和朋友說說看。

어디에서 춤춰요?

집 근처에 맛있는 식당이 있어요? 거기에 누구하고 자주 가요?

제일 친한 친구가 누구예요? 그 사람은 어떤 사람이에요?

문법과 표현 3 文法與表現

動-고 있다

1. 그림을 보고 대화를 만들어 보세요.
請看圖完成對話。

1)

가: 에릭 씨, 언제 와요? 모두 기다리고 있어요.

나: 미안해요. 지금 가고 있어요.

2)

가: 제니 씨는 지금 뭐 해요?

나: 피곤해서 __________.

3)

가: 식사했어요?

나: 아니요. 지금 밥을 __________. 점심에 너무 바빴어요.

4)

가: 지금 뭐 해요?

나: 친구하고 함께 __________.

5)

가: 어디에 살아요?

나: 작년에는 부산에 살았지만 지금은 서울에 __________.

6)

가: 동생도 한국어를 잘해요?

나: 아직 잘 못하지만 요즘 열심히 __________.

2. 그림을 보고 대화를 완성해 보세요.

請看圖完成對話。

1) 에릭 씨는 지금 뭐 하고 있어요? 사진을 찍고 있어요 .

2) 크리스 씨는 지금 뭐 하고 있어요? ______________ .

3) 나나 씨는 지금 뭐 하고 있어요? ______________ .

4) 엥흐 씨는 지금 뭐 하고 있어요? ______________ .

5) 자밀라 씨는 지금 뭐 하고 있어요? ______________ .

3. '-고 있어요'를 사용하여 문장을 만들어 보세요. 그리고 친구한테 몸짓으로 표현해 보세요.

請使用「-고 있어요」造句，並且用肢體動作對朋友表現出來。

매운 라면을 먹고 있어요.
매운 라면을 먹고 있어요!

문법과 표현 ④ 文法與表現

動-(으)면서

1. 빈칸에 알맞게 쓰세요.
請將正確的答案填入空格內。

	-(으)면서		-(으)면서
먹다	먹으면서	가다	가면서
읽다		쉬다	
웃다		치다	
입다		기다리다	
준비하다		만들다	

2. 그림을 보고 문장을 만들어 보세요.
請看圖造句。

1) 

손을 씻으면서 거울을 봐요 .

2) 

.

3) 

.

4) 

.

5) 

.

6) 

.

거울 鏡子

3. 그림을 보고 대화를 완성해 보세요.
請看圖完成對話。

1) 

가: 어제 파티 재미있었어요?

나: 네. 친구들하고 식사하면서 이야기를 많이 했어요 .

2) 

가: 제니 씨는 지금 뭐 하고 있어요?

나: 기타를 ______________________.

3) 

가: 와, 크리스 씨가 이 케이크를 만들었어요?

나: 네. 책을 ______________________.

4. 주사위를 두 번 던져서 문장을 만들어 보세요. 그리고 그 문장을 몸짓으로 표현해 보세요.
請丟兩次骰子完成造句，並且用肢體動作表現出來。

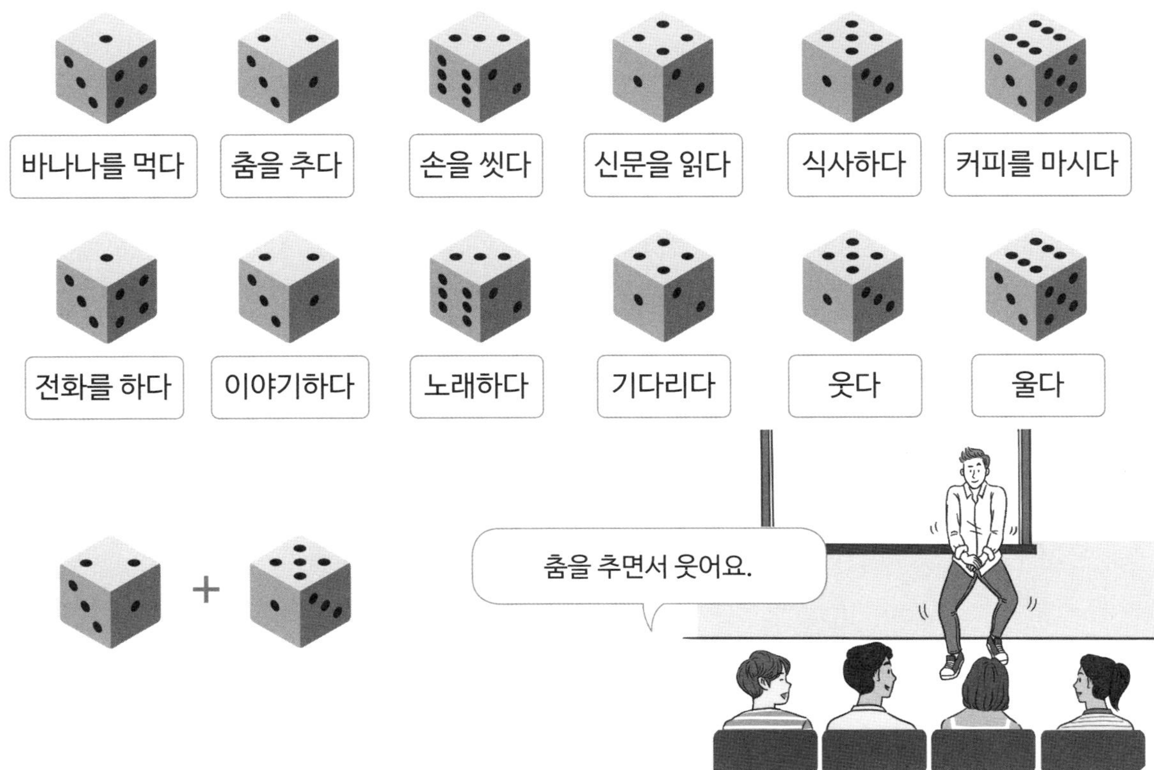

복습 7

어휘 詞彙

✐ **아는 단어에 ✔ 하세요.**
請勾選出知道的單字。

13단원

키가 크다 ☐	높다 ☐	입다 ☐
키가 작다 ☐	낮다 ☐	신다 ☐
길다 ☐	멋있다 ☐	쓰다 ☐
짧다 ☐		벗다 ☐
바지 ☐	원피스 ☐	편하다 ☐
치마 ☐	한복 ☐	불편하다 ☐
코트 ☐	운동화 ☐	두껍다 ☐
티셔츠 ☐	구두 ☐	얇다 ☐

14단원

초대하다 ☐	선물을 주다 ☐	파티하다 ☐
축하하다 ☐	선물을 받다 ☐	양복을 입다 ☐
기쁘다 ☐	식사하다 ☐	늦다 ☐
혼자 ☐	춤추다 ☐	들어가다 ☐
함께 ☐	친하다 ☐	들어오다 ☐
근처 ☐	지내다 ☐	울다 ☐
		웃다 ☐

[1~2] 그림을 보고 알맞은 단어를 고르세요.
請看圖選出正確的單字。

1.

가: 어제 뭘 샀어요?
나: (   )를 샀어요.

① 치마하고 구두 ② 코트하고 바지
③ 모자하고 티셔츠 ④ 바지하고 운동화

2.

가: 보통 누구하고 저녁을 먹어요?
나: (   ) 먹어요.

① 또 ② 혼자
③ 함께 ④ 나중에

[3~5] 밑줄 친 부분과 반대되는 뜻을 가진 것을 고르세요.
請選出與畫底線部分有相反意思的答案。

3.

가: 룸메이트도 키가 커요?
나: 아니요. 키가 (   ).

① 낮아요 ② 작아요 ③ 짧아요 ④ 멋있어요

4.

가: 요즘 읽는 책이 얇아요?
나: 아니요. (   ). 하지만 재미있어요.

① 편해요 ② 가까워요 ③ 무거워요 ④ 두꺼워요

5.

가: 여기에서 신발을 벗어야 돼요?
나: 아니요. (   ).

① 써야 돼요 ② 해야 돼요 ③ 신어야 돼요 ④ 입어야 돼요

문법과 표현
文法與表現

13단원

動形-네요	산이 정말 **아름답네요**!
形-(으)ㄴ 名	따뜻하고 **예쁜 코트**를 사고 싶어요.
'ㄹ' 탈락	저는 서울에 **삽니다**.
動-는 名	교실에 **공부하는 학생**들이 있어요.

14단원

動-(으)러 가다/오다	영화를 **보러** 극장에 **가려고** 해요.
動-(으)ㄹ 수 있다/없다	시간이 없어서 파티에 **갈 수 없어요**. 미안해요.
動-고 있다	지금 커피를 **마시고 있어요**.
動-(으)면서	**운전하면서** 전화하지 마세요.

[1~5] 밑줄 친 부분을 고쳐서 쓰세요.
請將畫底線的部分修改正確。

1. 길은 치마를 사려고 해요. ➡ ____________
2. 불편하는 구두를 안 살 거예요. ➡ ____________
3. 커피를 마셔면서 숙제를 했어요. ➡ ____________
4. 저는 좋아하는 음식은 비빔밥이에요. ➡ ____________
5. 나나 씨는 옷을 사러 백화점에 쇼핑해요. ➡ ____________

[6~10] '-(으)ㄴ/는'을 사용하여 문장을 완성하세요.
請使用「-(으)ㄴ/는」完成句子。

6. 좀 더 짧은 바지가 있어요?
(짧다)

7. 건강에 ________ 음식을 많이 드세요.
(좋다)

8. 저는 ________ 날씨를 안 좋아해요.
(비가 오다)

9. 저기 ________ 사람이 제 룸메이트예요.
(웃고 있다)

10. 학교에서 ________ 식당에서 파티를 하려고 해요.
(가깝다)

[11~12] 그림을 보고 대화를 완성하세요.
請看圖完成對話。

11. 가: 다니엘 씨가 좋아하는 과일이 뭐예요?
나: ________.

12. 가: 춤을 추면서 노래할 수 있어요?
나: ________.

[13~14] 대화를 완성하세요.
請完成對話。

13. 가: ________?
나: 저는 기숙사에 삽니다.

14. 가: ________?
나: 아니요. 저는 무서운 영화를 안 좋아해요.

듣기 聽力

[1~3] 다음을 듣고 물음에 맞는 대답을 고르세요.
請聽完後選出正確的回答。

1. ① 네. 와요. ② 아니요. 가네요.
③ 네. 갈 수 있어요. ④ 아니요. 오지 마세요.

2. ① 친구하고 같이 여행하네요. ② 기타를 치면서 노래했어요.
③ 비행기표를 예매하고 있어요. ④ 가족을 만나러 고향에 가려고 해요.

3. ① 네. 친구들을 초대해요. ② 드라마 보면서 쉬고 있어요.
③ 바빠서 친구를 만날 수 없어요. ④ 예쁜 옷을 사러 백화점에 갈 거예요.

[4~5] 다음을 듣고 이어지는 말을 고르세요.
請聽完後選出能夠接續的話。

4. ① 미안해요. 다른 약속이 있어요. ② 미안해요. 일요일에 같이 가요.
③ 아니요. 저는 수영을 좋아해요. ④ 아니요. 저는 수영을 하러 갔어요.

5. ① 빨리 교실에 가야 돼요. ② 저 사람은 소날 씨예요.
③ 소날 씨, 커피를 마실까요? ④ 제니 씨하고 커피를 마셔요.

[6~7] 여기는 어디입니까? 알맞은 것을 고르세요.
這裡是哪裡？請選出正確的答案。

6. ① 공항 ② 서점 ③ 정류장 ④ 기차역

7. ① 식당 ② 호텔 ③ 사무실 ④ 옷 가게

[8~9] 다음은 무엇에 대해 말하고 있습니까? 알맞은 것을 고르세요.
以下是關於什麼的談話內容？請選出正確的答案。

8. ① 쇼핑 ② 초대 ③ 식사 ④ 선물

9. ① 학교 ② 숙제 ③ 시험 ④ 편지

[10~11] 다음 대화를 듣고 알맞은 그림을 고르세요.
請聽對話，選出正確的圖案。

10.

11. ①  ②  ③  ④ 

[12~13] 다음을 듣고 들은 내용과 같은 것을 고르세요.
請聽完後選出與聽到的內容相同的選項。

12. ① 여자는 예쁜 책을 좋아해요.
② 카페는 여자의 집 근처에 있어요.
③ 남자는 재미있는 책만 보고 싶어 해요.
④ 남자는 내일 혼자 카페에 가려고 해요.

13. ① 내일은 남자의 생일이에요.
② 수업이 늦게 끝나서 내일 못 만나요.
③ 남자는 내일 식당에서 밥을 먹을 거예요.
④ 남자는 내일 기숙사까지 버스를 타고 갈 거예요.

[14~15] 다음을 듣고 물음에 답하세요.
請聽完後回答問題。

14. 남자는 왜 전화했습니까?

① 요리해서
② 약속이 없어서
③ 친구들이 집에 와서
④ 친구를 초대하고 싶어서

15. 남자는 금요일에 뭐 할 겁니까?

① 소날 씨의 집에 갈 거예요.
② 프랑스 음식을 만들 거예요.
③ 마리 씨하고 전화할 거예요.
④ 크리스 씨의 집에서 놀 거예요.

읽기 閱讀

[1~3] (　　)에 들어갈 가장 알맞은 것을 고르세요.
請選出最適合填入（　）內的詞語。

1. 하이 씨는 지금 회사에서 샌드위치를 (　　　　　　) 일하고 있어요.

① 만들러　　② 먹으면서　　③ 식사해서　　④ 알아봤지만

2. 저는 가수가 되고 싶어서 (　　　　　　) 곳에 매일 가요.

① 입는　　② 초대하는　　③ 축하하는　　④ 연습하는

3. 오늘 아침에 날씨가 너무 추웠어요. 그래서 두꺼운 코트를 (　　　　　　) 회사에 갔어요.

① 하고　　② 쓰는　　③ 입고　　④ 신지만

[4~5] 다음을 읽고 맞지 않는 것을 고르세요.
請閱讀完後選出錯誤的選項。

4.

재미있는 크리스마스 콘서트를 보러 오세요!

일시　12월 24일(토요일)~12월 25일(일요일)
장소　서울극장
준비물　모자, 운동화

노래를 하면서 춤을 출 거예요.
여러분을 기다리고 있어요!

① 이 공연은 12월 24일부터 합니다.
② 모자를 쓰고 운동화를 신고 갑니다.
③ 서울극장에서 콘서트를 볼 수 있습니다.
④ 콘서트장에서 춤을 추면서 친구를 기다립니다.

5.

초대장

제가 지난주에 이사를 해서 친구들하고 함께 우리 집에서 작은 파티를 하려고 해요.
여러분, 토요일 저녁 7시까지 올 수 있어요?
제가 사는 곳은 학교에서 아주 가까워요.

① 저는 이사를 하려고 해요.
② 제 집은 학교에서 가까워요.
③ 저는 친구들을 초대하고 싶어요.
④ 저는 토요일 저녁에 파티를 하려고 해요.

[6~7] 다음을 읽고 순서가 알맞은 것을 고르세요.

請讀完後選出排列順序正確的選項。

6.

(가) 좋아요. 토요일에 봐요.
(나) 네. 갈 수 있어요. 어디로 갈까요?
(다) 6시까지 기숙사 건너편에 있는 하나식당으로 오세요.
(라) 토요일에 피자 파티를 하려고 해요. 닛쿤 씨도 올 수 있어요?

① (나) - (다) - (가) - (라)
② (나) - (다) - (라) - (가)
③ (라) - (나) - (가) - (다)
④ (라) - (나) - (다) - (가)

7.

(가) 우리 회사 사람들은 정말 친합니다.
(나) 관악산은 서울에 있는 아름다운 산입니다.
(다) 지난주 토요일에는 등산을 하러 관악산에 갔습니다.
(라) 우리는 산 위에서 이야기하면서 사진을 많이 찍었습니다.

① (가) - (나) - (라) - (다)
② (가) - (다) - (나) - (라)
③ (나) - (가) - (라) - (다)
④ (나) - (라) - (가) - (다)

[8~10] 다음 내용과 같은 것을 고르세요.

請選出與下列內容相同的選項。

8.

저는 잡지 만드는 회사에서 일을 합니다. 우리 회사에서 일하는 기자들은 사람들을 많이 만나러 가지만 양복을 안 입고 편한 옷을 자주 입습니다. 여름에는 짧은 바지를 입는 사람도 있습니다. 회사에서 먼 곳에 사는 사람들은 운동화를 신고 회사에 옵니다.

① 저는 잡지 회사에서 일해요.
② 저는 항상 편한 옷을 입어요.
③ 저는 짧은 바지를 입고 회사에 와요.
④ 저는 양복을 입고 사람들을 만나러 가요.

9.

저는 그림을 그리는 화가예요. 산과 꽃을 많이 그려요. 내일은 그림을 그리러 남산에 갈 거예요. 그래서 지금 옷과 가방을 준비하고 있어요. 편한 티셔츠를 입고 운동화를 신을 거예요. 얇은 공책과 필통을 준비했어요. 필통 안에는 길고 짧은 연필, 예쁜 볼펜과 지우개가 있어요.

① 저는 화가라서 편한 옷을 입어요.

② 저는 꽃을 사러 남산에 갈 거예요.

③ 저는 남산에서 그림을 그리려고 해요.

④ 제 필통에는 짧은 연필이 하나만 있어요.

10.

지난주 일요일은 제 룸메이트 마리 씨의 생일이었습니다. 그래서 우리는 방에 기숙사 친구들을 초대했습니다. 기숙사 친구들은 모두 우리 방에 편한 옷을 입고 놀러 왔습니다. 우리는 테오 씨의 귀여운 티셔츠를 보고 다 같이 웃었습니다. 친구들은 모두 마리 씨의 선물을 준비했습니다. 마리 씨는 에릭 씨의 축구공 케이크를 제일 좋아했습니다. 우리 방에 친구들을 초대할 수 있어서 기뻤습니다. 정말 재미있는 하루였습니다.

① 제 룸메이트는 케이크를 잘 만들어요.

② 마리는 친구들의 선물을 안 받았어요.

③ 에릭은 기숙사 친구들을 방에 초대했어요.

④ 테오는 귀여운 티셔츠를 입고 파티에 왔어요.

[11] 다음을 읽고 중심 생각을 고르세요.
請讀完後選出中心思想。

11.

저는 한국 영화를 좋아하는 프랑스 학생입니다. 작년에 텔레비전에서 한국 영화를 처음 봤습니다. 배우도 멋있고 영화도 아주 좋았습니다. 저는 한국 영화를 더 많이 보고 싶고, 한국의 대학교에서 영화 공부도 하고 싶었습니다. 그래서 한국어를 배우러 한국에 왔습니다.

① 한국 배우가 멋있어요.

② 저는 프랑스에서 한국 영화를 봤어요.

③ 저는 한국 영화를 공부하러 한국에 왔어요.

④ 저는 텔레비전에서 한국 영화를 많이 보고 싶어요.

[12~13] 다음을 잘 읽고 알맞은 것을 고르세요.
請讀完後選出正確的答案。

겨울옷을 팝니다

안녕하세요? 1급 학생 닛쿤이에요.
저는 2월 20일에 태국에 가요.
그래서 태국에서 못 입는 옷을 (   ).
아주 따뜻하고 가벼운 코트하고 편한 겨울 바지예요.
한국백화점에서 샀어요.
사고 싶은 사람은 메시지를 보내세요.
제 전화번호는 010-0880-5488이에요.

100,000원
→ 30,000원

50,000원
→ 15,000원

12. (   )에 들어갈 알맞은 말을 고르세요.

① 팔려고 해요 ② 사려고 해요 ③ 입으려고 해요 ④ 만들려고 해요

13. 이 글의 내용과 같은 것을 고르세요.

① 닛쿤은 메시지를 많이 받았어요.
② 닛쿤의 코트는 따뜻하고 가벼워요.
③ 코트하고 바지는 삼만 오천 원이에요.
④ 닛쿤은 한국백화점에서 옷을 살 거예요.

[14~15] 다음을 잘 읽고 알맞은 것을 고르세요.
請讀完後選出正確的答案。

저는 책을 많이 읽고 책을 좋아합니다. 수업이 끝나고 보통 카페에서 책을 읽습니다. 그래서 저는 책을 좋아하는 사람을 만나고 싶습니다. 그 사람하고 같이 도서관에 갈 겁니다. 도서관에서 책을 읽을 겁니다. 그리고 책을 읽을 수 있는 카페에서 커피를 마시면서 이야기를 할 겁니다.

(   ) 마음이 따뜻하고 친절한 사람을 만나고 싶습니다. 다른 사람을 잘 도와주는 사람을 좋아합니다. 이 사람을 꼭 만나고 싶습니다.

14. (   )에 들어갈 알맞은 말을 고르세요.

① 그래서 ② 그러면 ③ 그리고 ④ 그렇지만

15. 이 글의 내용과 같은 것을 고르세요.

① 제 친구는 다른 사람을 잘 도와줘요.
② 저는 친절하고 마음이 따뜻한 사람이에요.
③ 저는 도서관에서 커피를 마시면서 이야기를 해요.
④ 제가 만나고 싶은 사람은 책을 좋아하는 사람이에요.

쓰기 寫作

질문을 잘 읽고 200~300자로 글을 쓰세요.
閱讀完問題後，請寫下200~300字的文章。

여러분은 어떤 사람을 만나고 싶습니까? 왜 그 사람을 만나고 싶습니까?
그 사람하고 뭘 하고 싶습니까?

글을 다 썼어요?
다시 한번 읽어 보세요.

말하기 會話

1. 문법을 사용해서 친구와 이야기해 보세요.
請使用文法和朋友說說看。

動形-네요

1) 이 시계가 만 원이에요.
2) 어제 짜장면을 네 그릇 먹었어요.

形-(으)ㄴ 名

3) 어떤 영화를 좋아해요?
4) 어떤 집에서 살고 싶어요?

'ㄹ' 탈락

5) 집에서 학교까지 멉니까?
6) 무슨 음식을 자주 만듭니까?

動-는 名

7) 자주 만나는 친구가 누구예요?
8) 무슨 과일을 좋아해요?

動-(으)러 가다/오다

9) 친구를 만나러 보통 어디에 가요?
10) 왜 한국에 왔어요?

動-(으)ㄹ 수 있다/없다

11) 싸고 좋은 옷을 어디에서 살 수 있어요?
12) 태권도를 할 수 있어요?

動-고 있다

13) 지금 .... 씨는 뭐 해요?
14) 요즘 어디에 살아요?

動-(으)면서

15) 공부하면서 휴대폰을 봐요?
16) 책을 보면서 요리해요?

2. 그림을 보고 이야기를 만들어 보세요.

請看圖說故事。

☐ 動形-네요	☐ 'ㄹ' 탈락	☐ 動-(으)러 가다/오다	☐ 動-고 있다
☐ 形-(으)ㄴ 名	☐ 動-는 名	☐ 動-(으)ㄹ 수 있다/없다	☐ 動-(으)면서

발음 發音

13단원

終聲[ㄷ]接在「ㄴ, ㅁ」前面，讀為[ㄴ]。

사람들이 많이 왔네요.
[완네요]

저기에 있는 가게로 가요.
[인는]

잘 듣고 따라 해 보세요.
請聽完後跟著唸唸看。

10

❶ 밥을 많이 **먹었네요.**

❷ 여기에 편지를 **받는** 사람 이름을 쓰세요.

14단원

「-(으)ㄹ」之後出現的「ㄱ, ㅅ」，讀為[ㄲ, ㅆ]。

파티에 올 수 있어요?
[올쑤]

집에서 영화를 볼 거예요.
[볼꺼]

잘 듣고 따라 해 보세요.
請聽完後跟著唸唸看。

11

❶ 바빠서 파티에 **갈 수** 없어요.

❷ 시험이 있어서 **공부할 거**예요.

잘 듣고 따라 해 보세요.
請聽完後跟著唸唸看。

12

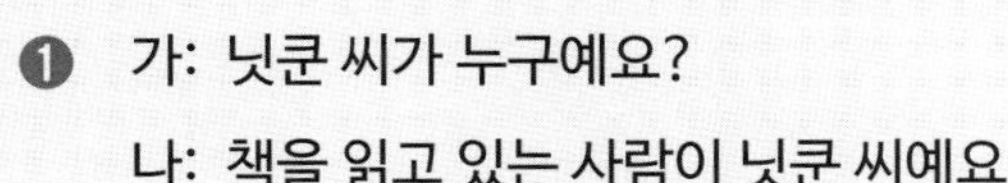

❶ 가: 닛쿤 씨가 누구예요?
나: 책을 읽고 있는 사람이 닛쿤 씨예요.

❷ 가: 오늘 같이 쇼핑하러 갈 수 있어요?
나: 미안해요. 다른 약속이 있어요.

15

가족 家人

15-1 아버지는 산에 자주 가세요

15-2 부모님이 한국에 오실 거예요

15-1	어휘	가족 ①
	문법과 표현	動形-(으)세요, 名(이)세요 名한테/께
15-2	어휘	가족 ②
	문법과 표현	動形-(으)셨어요, 動-(으)실 거예요 'ㄷ' 불규칙

어휘 詞彙

1. 남자예요? 여자예요? 알맞게 써 보세요.
這些人是男生呢？還是女生呢？請寫出正確答案。

할아버지	할머니	남편	아내	아버지	어머니
오빠	누나	언니	형	아들	딸

남자		여자	
할아버지		딸	

2. 알맞은 것을 연결해 보세요.
請連接正確的答案。

1) 우리 할아버지의 아들이에요. ① 할아버지

2) 우리 아버지하고 어머니예요. ② 어머니

3) 우리 어머니의 아버지예요. ③ 아버지

4) 우리 아버지의 아내예요. ④ 부모님

5) 우리 아버지의 어머니예요. ⑤ 할머니

3. 알맞은 것을 연결해 보세요.

請連接正確的答案。

1) 우리는 아들하고 딸이 없어요.
귀여운 강아지가 우리 가족이에요. •

• ①

2) 우리 가족은 정말 많아요.
오빠가 두 명 있고 여동생도 한 명 있어요.
할아버지도 같이 살아요. •

• ②

3) 저하고 제 아내, 아들 한 명이 있어요.
우리 아들은 한 살이라서 아직 말을
못 해요. •

• ③

4) 저는 할머니, 형하고 같이 살아요.
저는 우리 가족을 정말 사랑해요. •

• ④

4. 친구와 이야기해 보세요.

請和朋友說說看。

여러분 가족은 어디에서 살아요?

가족 중 누구하고 이야기를 제일 많이 해요?

여동생 妹妹　사랑하다 愛　중 之中

문법과 표현 1 文法與表現

動形-(으)세요, 名(이)세요

1. 빈칸에 알맞게 쓰세요.
請將正確的答案填入空格內。

기자예요.
1) 기자세요 .
군인이에요.
2) .
쉬어요.
3) .
책을 읽어요.
4) .
일해요.
5) .
살아요.
6) .
바빠요.
7) .
테니스를 쳐요.
8) .

2. 그림을 보고 빈칸에 알맞은 단어를 쓰세요.
請看圖並將正確的答案填入空格內。

이 사람은 제 동생이에요. 회사원이에요. 지금 프랑스에 살아요.
제 동생은 한국 드라마를 좋아해요. 그래서 한국 드라마를 자주 봐요.
동생은 저를 만나러 한국에 오고 싶어 해요. 저는 제 동생을 정말 좋아해요.

이분은 우리 1) 할머니세요 . 회사원 2) ______ .
지금 프랑스에 3) ______ . 우리 할머니는 한국 드라마를
4) ______ . 그래서 한국 드라마를 자주 5) ______ .
우리 할머니는 저를 만나러 한국에 6) ______ .
저는 우리 할머니를 정말 좋아해요.

군인 軍人　이분 這位（正式）

3. 그림을 보고 대화를 완성해 보세요.
請看圖完成對話。

1) 

가: 아버지는 어떤 음식을 좋아하세요?

나: 우리 아버지는 매운 음식을 좋아하세요.

2) 

가: 어머니는 요즘 뭘 ________________?

나: 평일에는 회사에서 ________________.

주말에는 기타를 ________________.

3)

가: 부모님도 키가 ________________?

나: 네. 아버지도 ________________.

그리고 어머니도 ________________.

4) 

가: 선생님, 수업이 끝나고 어디에 ________________?

나: 저는 ________________.

4. 다음 사람 중에서 한 명을 골라 친구와 이야기해 보세요.
請從以下人物中選出一人，和朋友說說看。

할아버지	할머니	아버지	어머니	선생님

________ 은/는 지금 어디에 사세요?

________ 은/는 무슨 일을 하세요? 뭘 좋아하세요?

문법과 표현 2 文法與表現 名한테/께

1. 그림을 보고 대화를 완성해 보세요.
請看圖完成對話。

1)

가: 부모님께 무슨 선물을 드렸어요?

나: 부모님께 화장품하고 티셔츠를 드렸어요.

2)

가: 같은 모자를 두 개 샀네요.

나: 네. 에릭 씨 생일이라서 하나는 ______ 줄 거예요.

3)

가: 마리 씨 선물 샀어요?

나: 네. 샀어요. 하지만 ______ 이야기하지 마세요.
아직 마리 씨는 몰라요.

4)

가: 하이 씨, 2급에서도 공부할 거지요?

나: 네. 지난주에 ______ 메일을 보냈어요.

2. 그림을 보고 문장을 만들어 보세요.
請看圖造句。

1)

테오 은/(는) 에릭 한테 전화 을/(를) 했어요 .

드리다 給（尊敬型）　화장품 化妝品　같다 一樣

2) 동생 → 저

______ 은/는 ______ 한테 ______.

3) 남편 → 아내

______.

4) 학생 → 선생님

______.

5) TO. 서울대학교 / 제니

______.

3. 이 선물을 누구한테 주고 싶어요? 왜 주고 싶어요? 친구와 이야기해 보세요.

你想把這個禮物送給誰呢？又為什麼想送呢？請和朋友說說看。

아버지 어머니 룸메이트 동생 ?

우리 어머니는 운동을 좋아하세요.
그래서 어머니께 운동화를 드리고 싶어요.

1. 알맞은 것을 연결해 보세요.

請連接正確的答案。

저, 동생, 친구	부모님, 선생님
1) 이름 •	• ① 분
2) 집 •	• ② 생신
3) 나이 •	• ③ 성함
4) 사람/명 •	• ④ 연세
5) 생일 •	• ⑤ 댁
6) 먹다 •	• ⑥ 계시다
7) 마시다 •	• ⑦ 드시다
8) 있다 •	• ⑧ 주무시다
9) 자다 •	

(1) 이름 — ③ 성함)

2. 빈칸에 알맞게 쓰세요.

請將正確的答案填入空格內。

   ➡ 

1) 저는 옆 반 친구의 이름을 몰라요.
"이름이 뭐예요?"
➡ 저는 옆 반 선생님의 성함 (을)/를 몰라요.
"선생님, 성함 (이)/가 어떻게 되세요?"

2) 저는 친구 집에 가요.
➡ 저는 부모님 ____________ 에 가요.

3) 저는 친구 나이를 몰라요.
"몇 살이에요?"
➡ 저는 선생님 ____________ 을/를 몰라요.
"선생님, ____________ 이/가 어떻게 되세요?"

4) 나나 씨는 집에 있어요. ➡ 선생님은 ________ 에 ________ .

5) 우리 반에 호주 학생이 한 명 있어요. ➡ 우리 반에 한국어 선생님이 ________ .

6) 오빠는 집에 없어요. ➡ 아버지는 ________ 에 ________ .

7) 유진 씨는 아침에 빵을 먹어요. ➡ 아버지는 아침에 빵을 ________ .

8) 안나 씨는 커피를 안 마셔요. ➡ 어머니는 커피를 안 ________ .

9) 에릭 씨한테 인사해요. ➡ 부모님께 인사해요.
"에릭 씨, 잘 자요." ➡ "아버지, 어머니, 안녕히 ________ ."

3. 소개하고 싶은 사람이 있어요? 빈칸에 쓰고 친구와 이야기해 보세요.

你有想介紹的人嗎？請填入空格內，和朋友說說看。

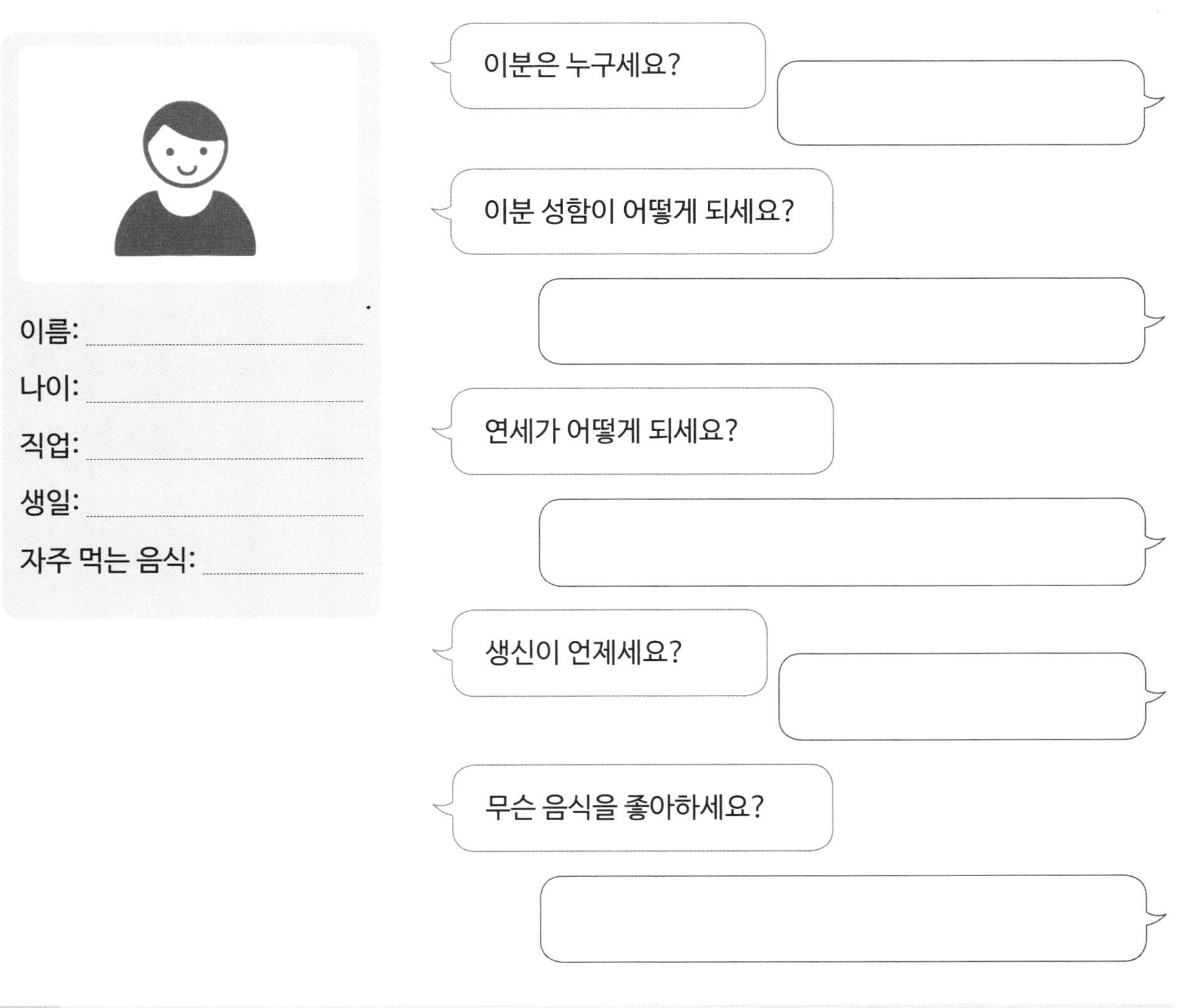

이름:
나이:
직업:
생일:
자주 먹는 음식:
이분은 누구세요?
이분 성함이 어떻게 되세요?
연세가 어떻게 되세요?
생신이 언제세요?
무슨 음식을 좋아하세요?

인사하다 打招呼

문법과 표현 3 文法與表現

動形-(으)셨어요, 動-(으)실 거예요

1. 빈칸에 알맞게 쓰세요.
請將正確的答案填入空格內。

	-(으)셨어요	-(으)세요	-(으)실 거예요
가다	가셨어요	가세요	가실 거예요
읽다			
먹다			
자다			
있다			

2. 단어를 골라서 알맞게 바꿔 문장을 완성해 보세요.
請選出單字並改成正確用法，完成造句。

연습하다 바쁘다 자다 먹다 오다 일하다

1) 아버지는 요즘 기타를 배우고 계세요.
어제도 열심히 연습하셨어요.
내일도 기타를 연습하실 거예요.

2) 부모님이 어제 한국에 ______________.
내일은 공항 근처에 있는 호텔에서 ______________.

3) 할머니는 작년까지 은행에서 ______________.
하지만 올해부터는 댁에서 쉬고 계세요.

4) 어머니는 어제 정말 ______________.
그래서 어제 오후 4시까지 점심도 못 ______________.

3. 그림을 보고 대화를 완성해 보세요.
請看圖完成對話。

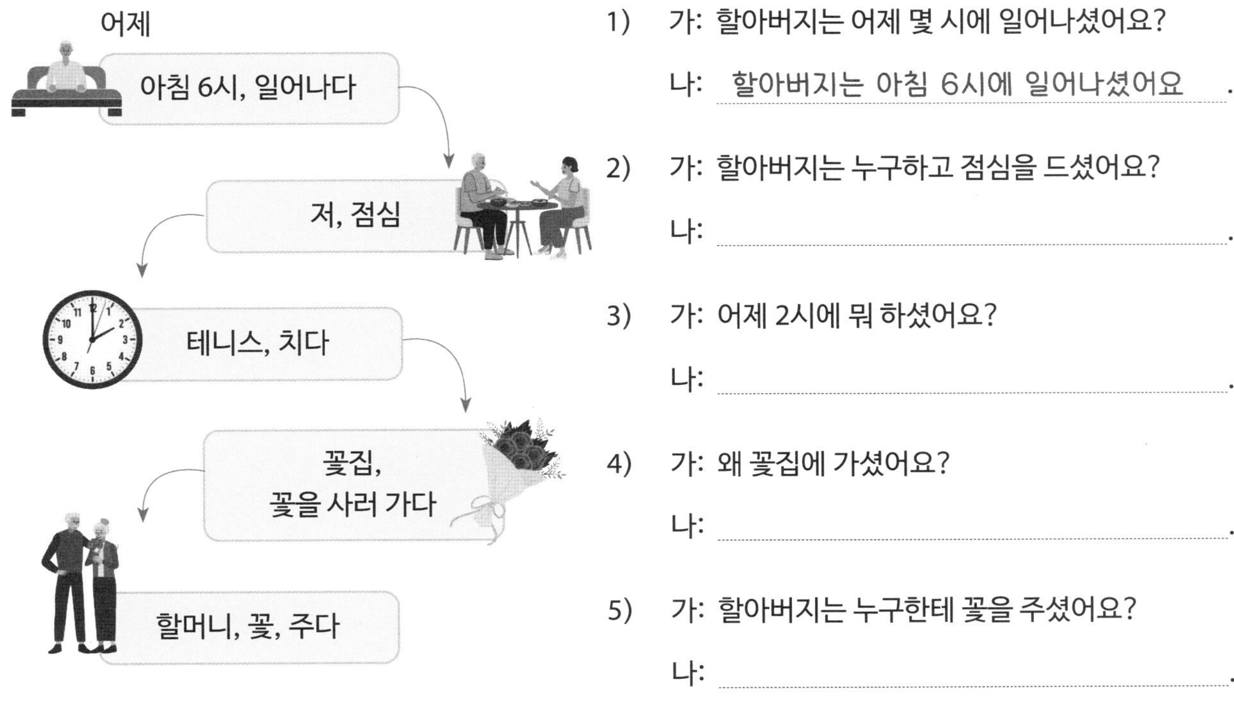

어제
아침 6시, 일어나다
저, 점심
테니스, 치다
꽃집,
꽃을 사러 가다
할머니, 꽃, 주다
1) 가: 할아버지는 어제 몇 시에 일어나셨어요?
나: 할아버지는 아침 6시에 일어나셨어요.
2) 가: 할아버지는 누구하고 점심을 드셨어요?
나: .
3) 가: 어제 2시에 뭐 하셨어요?
나: .
4) 가: 왜 꽃집에 가셨어요?
나: .
5) 가: 할아버지는 누구한테 꽃을 주셨어요?
나: .

4. 그림을 보고 대화를 완성해 보세요.
請看圖完成對話。

1) 누구한테 메일을 쓰실 거예요?
아들한테 쓸 거예요.

2) 인터넷에서 뭘 ____________?
맛있는 식당을 찾아볼 거예요.

3) 내일 몇 시에 ____________?
9시 수업에 올 거예요.

4) 다음 달에도 컴퓨터를 ____________?
네. 다음 달에도 컴퓨터를 배울 거예요.

꽃집 花店　인터넷 網路

문법과 표현 4 文法與表現 'ㄷ' 불규칙

1. 빈칸에 알맞게 쓰세요.
請將正確的答案填入空格內。

	듣다	걷다
-고	듣고	
-아요/어요		
-(으)세요		
-아야/어야 돼요		
-(으)ㄹ 수 있어요		

2. 다음을 보고 맞으면 ○, 틀리면 × 하고 틀린 곳을 고쳐 쓰세요.
請看以下小題，正確請打○，錯誤請打×，並請改正錯誤的小題。

	○/×	고쳐 쓰세요.
1) 오늘 비가 와서 좀 슬픈 노래를 들고 싶어요.	×	듣고 싶어요
2) 오후에 공원에서 좀 걷으려고 해요.		
3) 가족들도 한국 음악을 자주 들습니까?		
4) 아버지는 회사에 걸어서 가세요.		
5) 어제 할아버지는 노래를 듣으셨어요.		
6) 저는 음악을 들으면서 공부해요.		
7) 구두가 너무 불편해서 걷을 수 없어요.		
8) 지금 공원에서 걸고 있는 사람은 제 남동생이에요.		

음악 音樂　걸어서 가다 走路去　남동생 弟弟

3. 친구와 이야기해 보세요.

請和朋友說說看。

1) 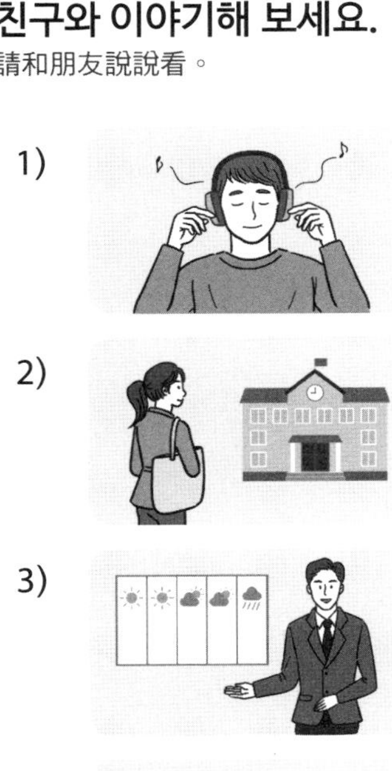

요즘 무슨 노래를 자주 듣습니까?

2) 학교에 걸어서 와요?

3) 오늘 아침에 날씨 뉴스를 들었어요?

4) 

보통 빨리 걸어요? 천천히 걸어요?

5) 

몇 시부터 한국어 수업을 들어요?

6) 

음악을 들으면서 공부할 수 있어요?

7) 

수업 끝나고 우리 좀 걸을까요?

8) 

한국 라디오를 들어요?

9) 

걸으면서 물을 마실 수 있어요?

10) 

부모님도 한국 노래를 들으세요?

16

여행 旅行

16-1 여기에서 사진을 좀 찍어 주세요

16-2 시간이 있으면 여기에 꼭 가 보세요

16-1	어휘	여행 ①
	문법과 표현	動-아/어 주세요 動-아서/어서
16-2	어휘	여행 ②
	문법과 표현	動形-(으)면 動-아/어 보세요

어휘 詞彙

1. 그림을 보고 알맞은 말을 쓰세요.
請看圖寫出正確的答案。

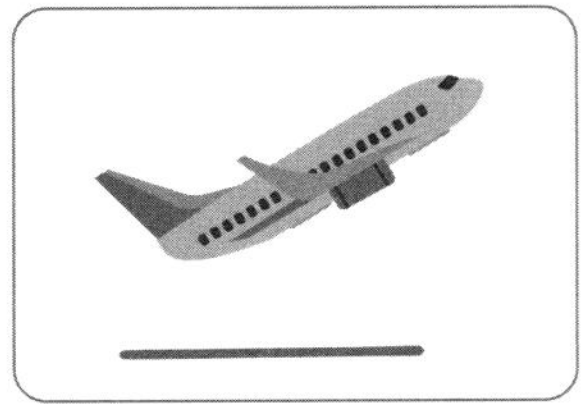
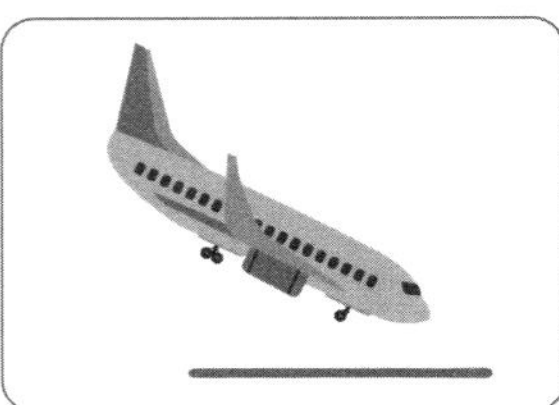

1) 서울에서 ______. 2) 제주도에 ______. 3) 여행해요. 4) 집으로 ______.

2. 그림을 보고 알맞은 말을 쓰세요.
請看圖寫出正確的答案。

1) ______ 이/가 있어요. 2) 돈을 ______. 3) 호텔에 도착해요. 4) 돈을 ______.

3. 그림을 보고 알맞은 단어를 골라 대화를 만들어 보세요.
請看圖選出正確的單字，並試著完成對話。

보이다 돌아가다 출발하다 돈을 찾다 돈을 바꾸다

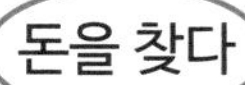

1)

가: 어디에 가요?

나: 돈을 찾으러 은행에 가요.

2)

가: 몇 시에 ____________________?

나: 9시에 ____________________.

3)

가: 어떻게 오셨어요?

나: ____________________(으)러 왔어요.

4)

가: 여보세요? 나나 씨, 여행 재미있어요?

언제 집에 돌아올 거예요?

나: 금요일에 집으로 ____________________.

5)

가: 잘 도착했어요? 호텔은 어때요?

나: 좋아요. 여기에서 바다가 ____________________.

4. 친구와 이야기해 보세요.

請和朋友說說看。

여행을 가려고 해요. | 어디로? | 누구하고? | 뭘 준비해야 돼요? | 언제 출발해요?

누구하고 여행을 가려고 해요?
저는 혼자 여행할 거예요.

문법과 표현 1 文法與表現

動-아/어 주세요

1. 빈칸에 알맞게 쓰세요.
請將正確的答案填入空格內。

	-아/어 주세요		-아/어 주세요
가다	가 주세요	요리하다	
오다		청소하다	
사다		열다	
읽다		만들다	
찍다		쓰다	
바꾸다		끄다	

2. 다음 대화를 완성해 보세요.
請完成以下對話。

1) 가: 에릭 씨 전화번호를 알지요? 전화번호 좀 가르쳐 주세요 . (가르치다)

나: 잠깐만요.

2) 가: 볼펜 있어요? 볼펜 좀 ______________. (빌리다)

나: 여기 있어요.

3) 가: 김밥을 만들 수 있지요? 김밥을 좀 ______________. (만들다)

나: 네. 좋아요.

4) 가: 파티 준비는 끝났지요?

나: 아니요. 아직 청소를 못 했어요. ______________. (청소를 좀 하다)

3. 그림을 보고 대화를 만들어 보세요.
請看圖完成對話。

1)

가: 어디로 가세요?

나: 명동으로 가 주세요.

2)

가: 커피 마실까요?

나: 좋아요. 그런데 지금 지갑이 없어요.

엥흐 씨가 커피를 좀 ______.

3)

가: 크리스 씨, 지금 어디에 있어요?

나: 지금 가고 있어요.

조금만 ______.

4)

가: 질문이 있어요?

나: 선생님, 그 단어를 어떻게 써요?

칠판에 ______.

5)

가: 에릭 씨, 창문 좀 ______.

나: 더워요? 잠깐만요.

6)

가: 죄송하지만 사진 좀 ______.

나: 네. 알겠어요.

질문 提問　단어 單字　칠판 黑板

문법과 표현 2 文法與表現 — 動-아서/어서

1. 그림을 보고 대화를 만들어 보세요.
請看圖完成對話。

1)

가: 어제 수업이 끝나고 뭐 했어요?

나: 친구를 만나서 같이 밥을 먹었어요.

2)

가: 어제 오후에 뭐 했어요?

나: 도서관에 __________ 공부했어요.

3)

가: 아침 먹었어요?

나: 네. 아침에 일찍 __________ 밥을 먹었어요.

4)

가: 그림이 예쁘네요.

나: 예쁘죠? 친구가 이 그림을 __________ 저한테 선물했어요.

5)

가: 내일 뭐 할 거예요?

나: __________ 친구들하고 같이 먹을 거예요.

6)

가: 경주에 몇 시에 도착해요?

나: 서울에서 8시에 __________ 11시에 도착해요.

2. 그림을 보고 대화를 만들어 보세요.
請看圖完成對話。

1)

가: 무슨 사진이에요?

나: 친구 사진이에요.

친구가 사진을 찍어서 보냈어요.

2)

세일

가: 주말에 뭐 했어요?

나: ______________.

3)

가: 나나 씨 생일에 뭘 줬어요?

나: ______________.

4)

가: 점심에 뭐 먹으려고 해요?

나: ______________.

5)

가: 내일 뭐 할 거예요?

나: ______________.

3. 친구와 이야기해 보세요.
請和朋友說說看。

	친구 이름:	친구 이름:
1) 어제 수업이 끝나고 뭐 했어요?		
2) 주말에 뭐 할 거예요?		
3) 방학에 보통 뭐 해요?		

어휘 詞彙

1. 알맞은 단어를 골라서 대화를 완성해 보세요.
請選擇正確的單字，並試著完成對話。

적다	아름답다	특별하다	유명하다	조용하다	한가하다

1) 가: 오늘은 사람이 적네요.
   나: 네. 평일이라서 사람이 안 많아요.

2) 가: 여기 정말 ______ 네요.
   나: 네. 우리 이쪽에서 사진을 찍어요.

3) 가: 반지가 너무 예쁘네요.
   나: 예쁘죠? 어머니가 주셨어요. 저한테 아주 ______ (으)ㄴ 반지예요.

4) 가: 저 사람 누구예요?
   나: 저 사람 몰라요? ______ (으)ㄴ 가수예요.

5) 가: 카페에서 공부할까요?
   나: ______ (으)ㄴ 도서관에서 공부하고 싶어요.

6) 가: 선생님, 요즘도 바쁘세요?
   나: 아니요. 방학이라서 조금 ______ 아요/어요.

반지 戒指

2. 그림을 보고 대화를 만들어 보세요.
請看圖完成對話。

1)

가: 주말에 어디에 갔어요?

나: 경주에 갔어요. 경주는 멋있는 곳이에요.

2)

가: 어디로 여행을 가고 싶어요?

나: ____________________ 곳으로 여행을 가고 싶어요.

3)

가: 어디가 좋아요?

나: 사람이 적고 ____________________ 곳이 좋아요.

4)

가: 여행을 가서 뭘 먹고 싶어요?

나: 거기에서만 먹을 수 있는 ____________________ 음식을 먹고 싶어요.

3. 다음 단어를 사용해서 친구와 이야기해 보세요.
請使用以下單字和朋友說說看。

적다	멋있다	아름답다	특별하다
유명하다	한가하다	조용하다	복잡하다

어디로 여행을 갔어요? 그 여행은 어땠어요?

여러분한테 특별한 곳은 어디예요?

문법과 표현 3 動形-(으)면
文法與表現

1. 알맞은 것을 연결해 보세요.
請連接正確的答案。

1)	피곤하면	①	창문을 닫을까요?
2)	친구를 만나면 보통	②	집에서 쉬세요.
3)	추우면	③	같이 차를 마셔요.
4)	피자를 다 만들면	④	바다로 여행을 갈까요?
5)	날씨가 좋으면	⑤	친구하고 같이 먹을 거예요.

2. 다음을 보고 맞으면 ○, 틀리면 × 하고 틀린 곳을 고쳐 쓰세요.
請看以下小題，正確請打○，錯誤請打×，並請改正錯誤的小題。

	○/×	고쳐 쓰세요.
1) 한국에 가면 명동에 갔어요.	×	갈 거예요
2) 저는 커피를 마셔면 못 자요.		
3) 친구를 만나면 같이 영화를 볼 거예요.		
4) 아파면 병원에 가야 돼요.		
5) 나나 씨 전화번호를 알으면 가르쳐 주세요.		

닫다 關上

3. 대화를 완성해 보세요.

請完成以下對話。

1) 가: 한국어를 잘하고 싶어요.

   나: 한국어를 잘하고 싶으면 많이 연습하세요.

2) 가: 내일 시험이 끝나지요? 뭐 할 거예요?

   나: ____________________ 친구하고 영화를 보러 갈 거예요.

3) 가: 다음 주에 친구가 한국에 오지요?

   나: 네. ____________________ 부산으로 여행을 가려고 해요.

4) 가: 이 구두 너무 불편해요.

   나: ____________________ 운동화를 신으세요.

4. 다음 상황을 보고 친구와 이야기해 보세요.

請根據以下情況和朋友說說看。

눈이 오면	좋아하는 가수를 만나면	한국 친구가 제 고향에 오면
시간이 있으면	돈이 많으면	

눈이 오면 뭐 할 거예요?
눈이 오면 눈사람을 만들 거예요.

눈사람 雪人

문법과 표현 4 文法與表現 　動-아/어 보세요

1. 빈칸에 알맞게 쓰세요.
請將正確的答案填入空格內。

	-아/어 보세요		-아/어 보세요
가다	가 보세요	배우다	
오다		마시다	
읽다		만들다	
신다		듣다	
먹다		쓰다	

2. 그림을 보고 대화를 만들어 보세요.
請看圖完成對話。

1) 

가: 이 티셔츠 예쁘네요.

나: 네. 한번 입어 보세요.

2) 

가: 여기가 어디예요? 정말 아름답네요.

나: 한라산이에요. 에릭 씨도 한번 ______.

3) 

가: 이게 뭐예요?

나: 우리 고향 음식이에요. 한번 ______.

4) 

가: 이 모자 한번 ______.

나: 예쁘네요. 얼마예요?

3. 대화를 완성해 보세요.
請完成以下對話。

1) 가: 요즘 머리가 계속 아파요.
   나: 그럼 병원에 한번 가 보세요 ______________.

2) 가: 이 의자 좋네요.
   나: 네. 한번 ______________.

3) 가: 요즘 무슨 노래가 좋아요?
   나: 이 노래가 좋아요. 한번 ______________.

4) 가: 외국어를 배우고 싶어요. 뭘 배우면 좋아요?
   나: 한국어를 ______________. 재미있어요.

4. 친구와 이야기해 보세요.
請和朋友說說看。

여러분의 고향은 어디예요?

- 무슨 음식이 맛있어요?
- 어디가 아름다워요?
- 언제 가면 좋아요?
- 뭐가 유명해요?
- ?

고향이 어디예요?

무슨 음식이 맛있어요?

전주예요.

비빔밥이 맛있어요.
전주에 가면 한번 먹어 보세요.

한번 試一次　　한라산 漢拏山

복습 8

어휘 詞彙

✐ 아는 단어에 ✔ 하세요.
請勾選出知道的單字。

15단원

할아버지 □	남편 □	언니 □	동생 □
할머니 □	아내 □	오빠 □	나 □
아버지 □	아들 □	누나 □	가족 □
어머니 □	딸 □	형 □	부모님 □
생신 □	계시다 □	스물 □	예순 □
댁 □	드시다 □	서른 □	일흔 □
연세 □	주무시다 □	마흔 □	여든 □
성함 □	걷다 □	쉰 □	아흔 □
분 □	듣다 □		

16단원

호텔 □	빌리다 □	출발하다 □
여권 □	돈을 바꾸다 □	도착하다 □
보이다 □	돈을 찾다 □	돌아오다 □
		돌아가다 □
한가하다 □	특별하다 □	안내 □
조용하다 □	복잡하다 □	적다 □
아름답다 □	유명하다 □	

[1~3] 그림을 보고 알맞은 단어를 고르세요.
請看圖選出正確的單字。

1.

가: 어디에서 이 사진을 찍었어요?
나: 할아버지 (   ) 앞에서 찍었어요.

① 댁　② 생신　③ 성함　④ 연세

2.
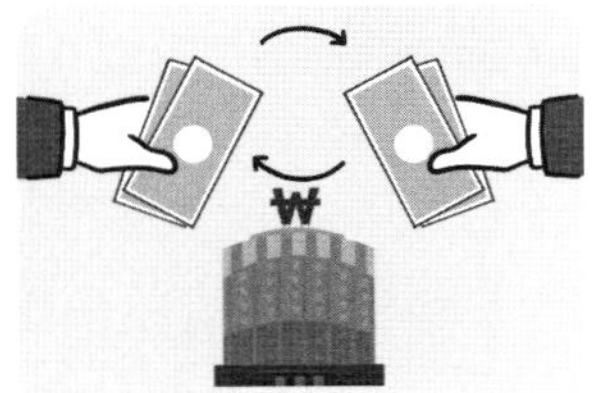

가: 어서 오세요. 어떻게 오셨어요?
나: 돈을 (   ) 왔어요.

① 받으러　② 바꾸러　③ 보내러　④ 빌리러

3.

가: 방학에 고향으로 (   )?
나: 아니요. 여기에서 계속 한국어를 공부할 거예요.

① 지낼 거예요　② 도착할 거예요
③ 돌아갈 거예요　④ 예매할 거예요

[4~5] 밑줄 친 부분과 비슷한 뜻을 가진 것을 고르세요.
請選出與畫底線部分有相似意思的答案。

4.
가: 와, 바다가 정말 아름답네요!
나: 네. 정말 (   ).

① 적어요　② 예뻐요　③ 기뻐요　④ 복잡해요

5.
가: 오늘 도서관에 사람도 적고 조용하네요.
나: 지난주에 시험이 모두 끝나서 (   ).

① 유명해요　② 특별해요　③ 한가해요　④ 멋있어요

문법과 표현
文法與表現

15단원

動形-(으)세요 名(이)세요	한국어를 **가르치세요.** 우리 어머니는 한국어 **선생님이세요.**
名한테/께	**할아버지께** 멋있는 모자를 드렸어요.
動形-(으)셨어요 動-(으)실 거예요	부모님은 어제 한국에 **도착하셨어요.** 다음 주 월요일에 고향으로 **돌아가실 거예요.**
'ㄷ' 불규칙	저는 공부하면서 음악을 안 **들어요.**

16단원

動-아/어 주세요	실례지만 사진 좀 **찍어 주세요.**
動-아서/어서	친구가 그림을 **그려서** 저한테 줬어요.
動形-(으)면	**피곤하면** 집에서 좀 쉬세요.
動-아/어 보세요	경주에 한번 **가 보세요.** 정말 멋있어요.

[1~5] 밑줄 친 부분을 고쳐서 쓰세요.
請將畫底線的部分修改正確。

1. 꽃을 샀어서 친구한테 줬어요. ➡ ____________
2. 너무 춥으면 창문을 닫을까요? ➡ ____________
3. 할머니는 지금 댁에 안 있으세요. ➡ ____________
4. 저는 부모님께 선물을 주셨어요. ➡ ____________
5. 이 음악을 한번 듣어 보세요. ➡ ____________

[6~10] 알맞은 것을 고르세요.
請選出正確的答案。

6. 요즘 몸이 안 좋아요? 그럼 운동을 좀 (하세요 / 해 주세요).

7. 12시 10분까지 쉬는 시간이에요. 10분 (쉬세요 / 쉬어 주세요).

8. 선생님, 그 단어 좀 칠판에 (쓰세요 / 써 주세요).

9. 우리 형은 아침을 안 (먹고 / 먹어서) 회사에 갔어요.

10. 여기에 (앉고 / 앉아서) 좀 쉴까요?

[11~13] 알맞은 것을 골라 두 문장을 한 문장으로 만드세요.
請選出正確的內容，將兩個句子寫成一個句子。

-고	-(으)면	-아서/어서

11. 어제 친구를 만났어요. 친구하고 같이 수영장에 갔어요.

➡ ______________________________.

12. 날씨가 안 추워요. 산에 갈까요?

➡ ______________________________?

13. 어제 숙제를 했어요. 텔레비전을 봤어요.

➡ ______________________________.

[14~15] 그림을 보고 대화를 완성하세요.
請看圖完成對話。

14. 가: 아침에 일어나서 보통 뭘 해요?

나: ______________________________.

15. 가: 요즘 밤에 잠을 못 자서 너무 피곤해요.

나: ______________________________.

듣기 聽力

[1~3] 다음을 듣고 물음에 맞는 대답을 고르세요.
請聽完後選出正確的回答。

1. ① 여섯 명이에요. ② 제 가족이에요.
③ 네. 두 명만 있어요. ④ 아니요. 가족이 아니에요.

2. ① 사진 좀 찍어 주세요. ② 언니의 결혼사진이에요.
③ 네. 학교에서 사진을 찍었어요. ④ 아니요. 여기에 사진이 없어요.

3. ① 어제 돌아왔어요. ② 시간이 빨리 가네요.
③ 내년에 돌아가려고 해요. ④ 고향에서 가족을 만나야 돼요.

[4~5] 다음을 듣고 이어지는 말을 고르세요.
請聽完後選出能夠接續的話。

4. ① 네. 안녕히 계세요. ② 네. 저하고 같이 사세요.
③ 아니요. 할머니가 아니세요. ④ 아니요. 할머니는 댁에 가세요.

5. ① 매일 밤 9시에 출발합니다. ② 이 버스는 매일 공항으로 갑니다.
③ 호텔 앞에서 9시까지 기다렸어요. ④ 저는 지금 호텔 문 앞에 있습니다.

[6~7] 여기는 어디입니까? 알맞은 것을 고르세요.
這裡是哪裡？請選出正確的答案。

6. ① 택시 안 ② 버스 안 ③ 건물 안 ④ 지하철 안

7. ① 식당 ② 시장 ③ 병원 ④ 호텔

[8~9] 다음은 무엇에 대해 말하고 있습니까? 알맞은 것을 고르세요.
以下是關於什麼的談話內容？請選出正確的答案。

8. ① 돈 ② 여권 ③ 사전 ④ 사진

9. ① 등산 ② 날씨 ③ 경치 ④ 여행

[10~11] 다음 대화를 듣고 알맞은 그림을 고르세요.
請聽對話，選出正確的圖案。

10. ①  ②  ③  ④ 

11. ①  ②  ③  ④ 

[12~13] 다음을 듣고 들은 내용과 같은 것을 고르세요.
請聽完後選出與聽到的內容相同的選項。

12. ① 남자의 집은 아주 시원해요. ② 남자는 주스를 사서 갔어요.
③ 남자는 여자의 집에 초대를 받았어요. ④ 남자는 여자하고 같이 주스를 마시려고 해요.

13. ① 남자는 부산에 가려고 해요. ② 남자는 시장에서 생선회를 팔았어요.
③ 해운대 바다는 아주 조용한 곳이에요. ④ 여자는 부산을 잘 몰라서 남자한테 질문했어요.

[14~15] 다음을 듣고 물음에 답하세요.
請聽完後回答問題。

14. 남자와 여자는 무엇에 대해 이야기하고 있습니까?
① 교통 ② 문화 ③ 방학 계획 ④ 한국 음식

15. 여자는 전주에서 뭐 하고 싶어 합니까?
① 전주에 살고 싶어 해요. ② 비빔밥을 먹고 싶어 해요.
③ 기차표를 예매하려고 해요. ④ 특별한 친구를 사귀고 싶어 해요.

읽기 閱讀

[1~3] (　　)에 들어갈 가장 알맞은 것을 고르세요.
請選出最適合填入（　）內的詞語。

1. 저는 지금 할아버지(　　　　　　) 메일을 보내고 있어요.

① 께　　② 에　　③ 로　　④ 한테

2. 어제는 제 생일이었어요. 어머니하고 케이크를 (　　　　　　) 먹었어요.

① 빌려서　　② 축하해서　　③ 만들어서　　④ 연습해서

3. 프랑스에 가면 치즈를 한번 (　　　　　　).

① 써요　　② 샀어요　　③ 빌려주세요　　④ 먹어 보세요

[4~5] 다음을 읽고 맞지 않는 것을 고르세요.
請閱讀完後選出錯誤的選項。

4.

특별한 여행을 하고 싶으세요?
강릉으로 오세요!

강릉에 가면 아름다운 바다를 보면서
커피를 마실 수 있어요.
멋있는 사진도 한번 찍어 보세요.

① 특별한 여행을 계획했어요.
② 강릉의 바다는 아름다워요.
③ 강릉에서 멋있는 사진을 찍을 수 있어요.
④ 커피를 마시면서 바다를 구경할 수 있어요.

5.

— 서울호텔 안내 —

아침 식사
매일 아침 6시 반부터 9시까지
1층 식당에서 드실 수 있습니다.
식당은 엘리베이터 옆에 있습니다.
문 앞에서 카드 키를 보여 주셔야 합니다.

① 호텔에서 식사할 수 있어요.
② 식당은 1층 엘리베이터 옆에 있어요.
③ 매일 아침 다섯 시 반에 식당에 가요.
④ 밥을 먹고 싶으면 카드 키가 있어야 돼요.

[6~7] 다음을 읽고 순서가 알맞은 것을 고르세요.
請讀完後選出排列順序正確的選項。

6.

(가) 그래서 저는 친구에게 커피를 사 줬습니다.
(나) 그리고 도서관에 가서 한국어 숙제를 했습니다.
(다) 숙제가 조금 어려워서 친구가 저를 도와줬습니다.
(라) 어제 수업이 끝나고 친구들과 함께 점심을 먹었습니다.

① (다) - (라) - (나) - (가)
② (다) - (가) - (라) - (나)
③ (라) - (다) - (나) - (가)
④ (라) - (나) - (다) - (가)

7.

(가) 설악산은 강원도에 있는 산이에요.
(나) 여기에서 케이블카도 탈 수 있어요.
(다) 여러분, 시간이 있으면 설악산에 가 보세요.
(라) 서울에서 가깝고 경치가 아름다워서 여기에 사람들이 많이 와요.

① (가) - (라) - (다) - (나)
② (가) - (라) - (나) - (다)
③ (라) - (나) - (가) - (다)
④ (라) - (다) - (나) - (가)

[8~10] 다음 내용과 같은 것을 고르세요.
請選出與下列內容相同的選項。

8.

저는 아직 한국어를 잘 못해서 낮에는 한국어를 공부하고 밤에는 편의점에서 아르바이트를 해요. 우리 편의점에는 저하고 같이 일하는 직원이 한 명 있어요. 그분은 한국 사람이고 아주 친절한 분이세요. 그리고 저를 항상 잘 도와주세요.

① 저는 친절한 사람을 좋아해요.
② 저는 밤에도 한국어를 공부해요.
③ 저는 한국 사람하고 같이 일하고 있어요.
④ 저는 같이 일하는 직원을 많이 도와줘요.

9.

제가 제일 사랑하는 사람은 우리 할아버지예요. 우리 할아버지는 군인이셨어요. 아주 멋있는 분이세요.

다음 주 목요일은 할아버지 생신이라서 할아버지 댁에 갈 거예요. 저는 케이크를 만들어서 가족들하고 같이 먹을 거예요. 그리고 할아버지께 선물도 드릴 거예요.

① 제 할아버지는 지금 군인이세요.
② 저는 목요일에 가족들을 만날 거예요.
③ 저는 할아버지 댁에서 같이 살고 있어요.
④ 저는 할아버지 생신 선물을 아직 못 샀어요.

10.

우리 가족은 모두 네 명이에요. 아버지는 회사에 다니세요. 그리고 어머니는 집에서 피아노를 가르치세요. 제 동생은 대학생이에요. 서울에 있는 대학교에서 수학을 공부하고 있어요. 저도 서울에서 일하고 있어서 동생하고 같이 살아요. 저는 우리 가족을 정말 사랑해요. 빨리 고향에 돌아가서 부모님을 만나고 싶어요.

① 제가 일하는 곳은 대학교예요.
② 제 부모님은 고향에 살고 계세요.
③ 저는 다음 주에 고향으로 돌아갈 거예요.
④ 동생은 일이 많아서 고향에 자주 못 가요.

[11] 다음을 읽고 중심 생각을 고르세요.
請讀完後選出中心思想。

11.

서울에는 유명한 곳이 많아요. 사람들은 서울에 가면 남산에서 산책을 하고, N서울타워에서 시내를 구경해요. 그리고 명동에 가요. 명동에는 예쁜 카페도 많이 있고 맛있는 식당도 많아요. 그리고 싸고 좋은 옷과 화장품을 파는 곳도 많아요. 여러분도 서울에 한번 가 보세요.

① 서울에서 여행하고 싶어요.
② 서울에는 유명한 장소가 많아요.
③ 서울에 가면 화장품을 사야 돼요.
④ 서울에서 카페에 가는 사람이 많아요.

[12~13] 다음을 잘 읽고 알맞은 것을 고르세요.
請讀完後選出正確的答案。

엄마! 한국으로 오는 비행기표를 사셨어요? 언제 출발하실 거예요? 아빠도 같이 오실 거지요?

저는 어제 할머니 댁에 갔어요. 할머니가 맛있는 음식을 만들어 주셨어요. 저는 한국어를 열심히 연습해서 할머니하고 한국어로 이야기를 많이 했어요. 할머니가 엄마, 아빠 이야기를 많이 하셨어요. 할머니가 두 분을 (   ).

우리 한국에서 같이 여행도 하고 맛있는 음식도 먹으러 가요. 빨리 오세요. 보고 싶어요.

제니 드림

12. (   )에 알맞은 말을 고르세요.

① 만나고 싶어요　② 전화해 보세요　③ 입으려고 해요　④ 보고 싶어 하세요

13. 이 글의 내용과 같은 것을 고르세요.

① 제니의 할머니는 지금 한국에 계세요.
② 제니의 부모님은 한국으로 출발하셨어요.
③ 제니는 할머니께 음식을 만들어 드렸어요.
④ 제니는 부모님하고 한국에서 여행을 많이 했어요.

[14~15] 다음을 잘 읽고 알맞은 것을 고르세요.
請讀完後選出正確的答案。

다음 달에 제 고향 친구가 저를 만나러 한국에 옵니다. 그 친구는 저에게 아주 (   ) 친구입니다. 그래서 저는 친구하고 한국에서 좋은 시간을 보내고 싶습니다.

제 친구는 아름다운 곳에 가고 싶어 합니다. 그래서 우리는 제주도로 여행을 갈 겁니다. 제주도에 도착하면 먼저 올레길에 가려고 합니다. 친구가 산책을 좋아해서 올레길에서 같이 걸으면서 이야기를 많이 하고 싶습니다. 날씨가 좋으면 한라산에도 올라가려고 합니다. 산 위에서 사진을 찍고 바다 근처에 있는 식당에서 맛있는 생선회를 먹을 겁니다. 친구를 빨리 만나고 싶습니다.

14. (   )에 알맞은 말을 고르세요.

① 유명한　② 조용한　③ 한가한　④ 특별한

15. 이 글의 내용과 같은 것을 고르세요.

① 친구는 한국에 와서 저를 만날 거예요.
② 친구는 한국에서 좋은 시간을 보냈어요.
③ 저는 친구를 만나러 고향에 가려고 해요.
④ 저는 한라산에 가고 올레길에 가려고 해요.

쓰기 寫作

✐ **질문을 잘 읽고 200~300자로 글을 쓰세요.**
閱讀完問題後，請寫下200~300字的文章。

여러분은 누구하고 여행을 가고 싶습니까? 어디로 가고 싶습니까?
여행을 가서 뭘 하고 싶습니까?

글을 다 썼어요?
다시 한번 읽어 보세요.

말하기 會話

1. 문법을 사용해서 친구와 이야기해 보세요.
請使用文法和朋友說說看。

動形-(으)세요, 名(이)세요

1) 선생님은 지금 뭘 하세요?
2) 가족이 어떻게 되세요?

名한테/께

3) 누구한테 자주 메시지를 보내요?
4) 부모님께 무슨 선물을 드렸어요?

動形-(으)셨어요, 動-(으)실 거예요

5) 부모님이 한국에 오실 거예요?
6) 어제 김 선생님이 한국어를 가르치셨어요?

'ㄷ' 불규칙

7) 학교에 걸어서 가요?
8) 무슨 음악을 자주 들어요?

動-아/어 주세요

9) 제가 뭘 도와줄까요?
10) 생일에 무슨 선물을 받고 싶어요?

動-아서/어서

11) 아침에 일어나서 보통 뭐 해요?
12) 오늘 저녁에 요리해서 먹을 거예요?

動形-(으)면

13) 시간이 있으면 뭘 하고 싶어요?
14) 방학을 하면 어디에서 지낼 거예요?

動-아/어 보세요

15) ________ 씨 고향에 특별한 음식이 있어요?
16) 그 영화가 재미있어요?

2. 그림을 보고 이야기를 만들어 보세요.

請看圖說故事。

- ☐ 動形-(으)세요, 名(이)세요
- ☐ 動形-(으)셨어요, 動-(으)실 거예요
- ☐ 名한테/께
- ☐ 'ㄷ' 불규칙
- ☐ 動-아/어 주세요
- ☐ 動-아서/어서
- ☐ 動形-(으)면
- ☐ 動-아/어 보세요

발음 發音

15단원

接在終聲[ㅁ, ㅇ]之後的「ㄹ」，讀為[ㄴ]。

종로에서 친구를 만나요.
[종노]

한국어 능력 시험을 볼 거예요.
[능녁]

잘 듣고 따라 해 보세요.
請聽完後跟著唸唸看。

14

❶ 주말에 **강릉**으로 여행을 가요.

❷ **종로**에 식당이 많아요.

16단원

終聲[ㄱ]與「ㅎ」結合時，讀為[ㅋ]。

생일 축하해요.
[추카]

언제 도착해요?
[차캐]

잘 듣고 따라 해 보세요.
請聽完後跟著唸唸看。

15

❶ 길이 많이 **막히**네요.

❷ 한국어 공부를 언제 시**작했**어요?

잘 듣고 따라 해 보세요.
請聽完後跟著唸唸看。

16

❶ 가: 내일 뭐 할까요?
나: 종로에 있는 서점에 가요.

❷ 가: 크리스 씨, 언제 도착해요?
나: 가고 있어요. 길이 좀 막혀요.

복습 5

[1~3] 다음을 듣고 물음에 맞는 대답을 고르세요.

❶ 남: 언제부터 아팠어요?
❷ 남: 피아노를 잘 칩니까?
❸ 남: 무슨 회사에 다녀요?

[4~5] 다음을 듣고 이어지는 말을 고르세요.

❹ 여: 제 메일 받았어요?
남: 아니요. 아직 못 받았어요. 언제 보냈어요?

❺ 여: 한국 음식을 좋아해요?
남: 네. 정말 좋아해요.
여: 뭐를 제일 좋아해요?

[6~7] 여기는 어디입니까? 알맞은 것을 고르세요.

❻ 여: 여러분, 책 32페이지를 보세요.
남: 31페이지요?
여: 아니요. 32페이지예요. 우리 발음을 연습할까요?

❼ 남: 어서 오세요.
여: 아침부터 기침이 나고 목이 아파요.
남: 그럼 이 약을 드세요.
여: 얼마예요?
남: 4,000원입니다.

[8~9] 다음은 무엇에 대해 말하고 있습니까? 알맞은 것을 고르세요.

❽ 남: 제니 씨는 운동을 좋아해요?
여: 네. 저는 매일 운동해요. 그래서 자주 안 아프고 건강해요. 엥흐 씨도 운동을 자주 해요?
남: 저는 운동은 안 좋아해요. 하지만 물을 자주 마시고 과일도 많이 먹어요. 과일이 건강에 좋아요.

❾ 남: 나나 씨, 내년에도 한국어를 배울 거예요?
여: 네. 저는 6급까지 한국어를 배우고 대학원에 갈 거예요. 닛쿤 씨는요?
남: 저는 내년 2월에 고향에 갈 거예요.

[10~11] 다음 대화를 듣고 알맞은 그림을 고르세요.

❿ 남: 김유라 기자. 지금 어디에 있습니까?
여: 저는 지금 부산 해운대에 있습니다.
남: 네. 오늘 부산 날씨가 어떻습니까?
여: 오늘 부산은 아주 맑고 덥습니다. 그래서 여기 해운대에 사람이 아주 많습니다.

⓫ 남: 나나 씨, 많이 다쳤어요?
여: 네. 다리를 많이 다쳤어요.
남: 많이 아파요? 언제까지 병원에 있어요?
여: 이번 주 주말까지 있을 거예요. 다음 주에는 학교에 갈 거예요.

[12~13] 다음을 듣고 들은 내용과 같은 것을 고르세요.

⓬ 남: 요즘 한국 생활이 어때요?
여: 작년에는 조금 힘들었어요. 하지만 요즘에는 한국 친구들하고 자주 만나요. 그래서 재미있어요.
남: 저도 한국 친구를 많이 사귀고 싶어요. 어디에서 한국 친구를 사귀었어요?
여: 대학원에서 만났어요. 같이 공부도 하고 게임도 해요.

⓭ 남: 마리 씨, 주말에 계획이 있어요?
여: 토요일에는 집에서 쉬고 일요일 오후에는 친구하고 자전거를 탈 거예요. 엥흐 씨는요?
남: 저는 지난달부터 기타를 배워요. 그래서 집에서 기타를 연습할 거예요.

[14~15] 다음을 듣고 물음에 답하세요.

여: 안녕하세요? <오늘의 직업> 이다현 기자입니다.
오늘은 김민수 씨와 이야기하겠습니다.
김민수 씨, 안녕하세요?
남: 안녕하세요?
여: 김민수 씨는 어디에서 일합니까?
남: 저는 길에서 일합니다.
여: 네? 길에서 무슨 일을 합니까?
남: 저는 버스를 운전합니다. 부산에도 가고 강원도에도 갑니다.
여: 아, 네. 일이 어떻습니까?
남: 저는 여행도 좋아하고 운전도 좋아합니다.
그래서 제 일이 정말 재미있고 좋습니다.
저는 이 일을 계속하고 싶습니다.

복습 6

[1~3] 다음을 듣고 물음에 맞는 대답을 고르세요.

❶ 여: 여기에서 지하철역까지 가깝지요?
❷ 남: 어디로 여행 가고 싶어요?
❸ 여: 지금 통화 괜찮아요?

[4~5] 다음을 듣고 이어지는 말을 고르세요.

❹ 남: 어느 나라에서 왔어요?
여: 이탈리아에서 왔어요.
남: 이탈리아에서 한국까지 얼마나 걸렸어요?

❺ 여: 테오 씨, 내일 같이 쇼핑할까요?
남: 미안해요. 다음 주에 시험이 있어서 내일은 공부해야 돼요.
여: 그럼 다음 주 토요일은 어때요?

[6~7] 여기는 어디입니까? 알맞은 것을 고르세요.

❻ 남: 이번 역이 교대역이지요?
여: 네. 맞아요. 이번 역에서 내려야 돼요.
남: 여기에서 몇 호선으로 갈아타요?
여: 3호선으로 갈아타야 돼요.

❼ 여: 67번 손님. 이쪽으로 오세요.
남: 이거를 프랑스로 보내려고 해요.
여: 이 안에 뭐가 있어요?
남: 책하고 편지가 있어요.
여: 네. 알겠습니다.

[8~9] 다음은 무엇에 대해 말하고 있습니까? 알맞은 것을 고르세요.

❽ 남: 저는 요즘 이것을 매일 합니다. 전에는 전화만 했지만 지금은 게임도 하고 사진도 찍고 영상 통화도 합니다. 메시지도 많이 보내고 이모티콘도 자주 보냅니다. 정말 재미있습니다.

❾ 여: 안녕하십니까? 서울사랑입니다. 교통 안내는 1번, 전화번호 안내는 2번, 장소 안내는 3번, 외국어 안내는 4번입니다.
남: 여보세요? 거기 서울사랑이지요?
여: 네. 맞습니다.
남: 서울역에서 몇 번 버스가 경복궁으로 가요?
여: 708번이 갑니다.

[10~11] 다음 대화를 듣고 알맞은 그림을 고르세요.

❿ 여: 저기요. 이 근처에 약국이 있어요?
남: 저기 편의점이 있지요?
여: 네.
남: 저 편의점에서 왼쪽으로 가세요. 은행 옆에 약국이 있어요. 아주 가까워요.
여: 아, 네. 감사합니다.

⓫ 남: 여보세요? 저 엥흐예요.
여: 엥흐 씨, 왜 안 와요?
남: 어제 새벽까지 일했어요. 그래서 늦게 일어났어요.
여: 그래요? 지금 어디에 있어요?
남: 지금 버스 정류장에 왔어요. 미안해요.
여: 네. 빨리 오세요.

[12~13] 다음을 듣고 들은 내용과 같은 것을 고르세요.

⓬ 남: 다니엘 씨 생일이 언제지요?
여: 내일이에요. 선물 샀어요?
남: 아니요. 시간이 없어서 아직 못 샀어요. 나나 씨는 샀어요?
여: 저도 아직 못 사서 오늘 오후에 백화점에 가려고 해요. 우리 같이 선물을 살까요?
남: 네. 좋아요.

⓭ 여: 민우 씨, 부탁이 있어요.
남: 무슨 부탁요?
여: 한국어 발음이 좀 어려워요. 매일 혼자 연습하지만 잘 못해요.
남: 그래요? 한국어 발음이 좀 어렵지요? 저하고 같이 연습해요.

[14~15] 다음을 듣고 물음에 답하세요.

남: 제니 씨, 부산 여행은 재미있었어요?
여: 네. 너무 좋았어요. 또 가고 싶어요.
남: 부산까지 어떻게 갔어요?
여: 비행기를 타고 갔어요.
남: 부산에서는 뭐 했어요?
여: 시장을 구경하고 바다에서 수영을 했어요. 그리고 배도 탔어요.
남: 회도 먹었어요?
여: 아니요. 회를 안 좋아해서 안 먹었어요. 식당에서 삼겹살을 먹었어요. 정말 맛있었어요.

복습 7

[1~3] 다음을 듣고 물음에 맞는 대답을 고르세요.

❶ 여: 내일 우리 집에 올 수 있어요?
❷ 남: 이번 방학에 뭐 할 거예요?
❸ 여: 지금 뭐 해요?

[4~5] 다음을 듣고 이어지는 말을 고르세요.

❹ 여: 크리스 씨, 수영 좋아해요?
남: 네. 좋아해요.
여: 그럼 일요일에 같이 수영하러 갈까요?

❺ 남: 저 사람이 제니 씨예요?
여: 누구요?
남: 교실 앞에서 커피 마시고 있는 사람요.

[6~7] 여기는 어디입니까? 알맞은 것을 고르세요.

❻ 여: 어서 오세요.
남: 부산 가는 3시 기차표 있어요?
여: 죄송하지만 3시 표는 없습니다. 4시 반 표만 있습니다.
남: 그래요? 그럼 4시 반 표 주세요.

❼ 여: 어서 오세요.
남: 모자를 하나 사고 싶어요.
여: 네. 여기 있는 모자를 모두 세일하고 있어요. 천천히 보세요.

[8~9] 다음은 무엇에 대해 말하고 있습니까? 알맞은 것을 고르세요.

❽ 여: 오늘은 제 생일입니다. 친구들하고 같이 식사하고 선물도 받았습니다. 에릭 씨는 재미있는 책을 선물했습니다. 크리스 씨는 맛있는 케이크를 줬습니다. 마리 씨는 귀여운 가방을 줬습니다. 저는 정말 기뻤습니다.

❾ 여: 민우 씨, 한국어 숙제가 너무 어려워요.
남: 그래요? 제가 좀 도와줄까요?
여: 정말요? 도와줄 수 있어요?
남: 네. 그럼요. 오늘 숙제가 뭐예요?
여: 한국어로 편지 쓰기예요.

[10~11] 다음 대화를 듣고 알맞은 그림을 고르세요.

❿ 남: 아야나 씨, 안나 씨를 알아요?
여: 네. 알아요. 닛쿤 씨 옆에 있는 여자가 안나 씨예요.
남: 저기 머리가 긴 여자요?
여: 아니요. 안나 씨는 머리가 짧아요. 오늘 짧은 원피스를 입었어요.

⓫ 여: 가수 진국 씨가 콘서트를 하네요.
남: 자밀라 씨도 이 가수를 알아요?
여: 네. 노래도 잘하고 춤도 잘 춰요. 그래서 저도 좋아해요.
남: 우리 이 가수 콘서트에 같이 갈까요? 다음 달에 서울에서 해요.
여: 좋아요. 저도 가고 싶어요. 그런데 지금 표를 살 수 있어요?
남: 네. 지금 찾아 보고 있어요.

[12~13] 다음을 듣고 들은 내용과 같은 것을 고르세요.

⓬ 여: 우리 내일 차 마시러 갈까요?
남: 좋아요. 아는 카페가 있어요?
여: 우리 집 근처에 예쁜 카페가 있어요. 그 카페에서 차를 마시면서 재미있는 책도 볼 수 있어요.
남: 그래요? 빨리 가고 싶네요.

⓭ 여: 하이 씨, 내일이 제 생일이라서 친구들하고 같이 밥 먹으러 가려고 해요. 하이 씨도 같이 갈 수 있어요?
남: 그럼요. 어디로 갈 거예요?
여: 서울식당 알아요?
남: 아니요. 몰라요.
여: 그럼 수업 끝나고 기숙사 앞에서 만나요. 거기에서 버스를 타고 같이 가요.
남: 네. 좋아요. 내일 만나요.

[14~15] 다음을 듣고 물음에 답하세요.

남: 여보세요? 마리 씨.
여: 네. 에릭 씨, 오랜만이에요. 무슨 일이에요?
남: 마리 씨, 이번 주 금요일 저녁에 뭐 해요?
여: 아직 약속이 없어요. 왜요?
남: 우리 집으로 놀러 오세요. 프랑스 음식을 만들려고 해요. 소날 씨하고 크리스 씨도 올 거예요.
여: 그래요? 좋아요. 몇 시까지 갈까요?
남: 5시 반까지 올 수 있어요?
여: 네. 갈 수 있어요.
남: 좋아요. 그럼 금요일에 만나요.

복습 8

[1~3] 다음을 듣고 물음에 맞는 대답을 고르세요.

❶ 여: 가족이 몇 명이에요?
❷ 남: 이 사진은 무슨 사진이에요?
❸ 여: 언제 고향으로 돌아갈 거예요?

[4~5] 다음을 듣고 이어지는 말을 고르세요.

❹ 남: 아야나 씨, 이분은 누구세요?
여: 우리 할머니세요.
남: 할머니도 한국에 계세요?

❺ 남: 뭘 도와드릴까요?
여: 여기에서 공항으로 가는 버스가 있어요?
남: 네. 매일 호텔 앞에서 출발합니다.
여: 제일 늦게 출발하는 버스가 몇 시에 있어요?

[6~7] 여기는 어디입니까? 알맞은 것을 고르세요.

❻ 여: 기사님, 저기 큰 건물 보이시지요?
남: 네. 저 건물요?
여: 네. 그 앞에서 내려 주세요.
남: 네. 알겠습니다.

❼ 남: 어서 오세요. 성함이 어떻게 되세요?
여: 제니 김이에요. 바다가 보이는 침대 방을 예약했어요.
남: 네. 세 분이시지요? 세 분 모두 여권 좀 보여 주세요.
여: 네. 여기 있어요.

[8~9] 다음은 무엇에 대해 말하고 있습니까? 알맞은 것을 고르세요.

❽ 남: 외국으로 여행을 가고 싶으면 이게 있어야 돼요. 그런데 저는 이게 없어서 어제 사진을 찍고 시청에 가서 이걸 만들었어요.

❾ 여: 하이 씨, 오늘 등산 어땠어요?
남: 조금 힘들었지만 재미있었어요.
여: 저도 정말 즐거웠어요. 날씨도 좋고 경치도 아름다워서 다음에 또 가고 싶어요.
남: 네. 다음에는 밥도 같이 먹어요.

[10~11] 다음 대화를 듣고 알맞은 그림을 고르세요.

⑩ 남: 우리 가족은 모두 다섯 명입니다. 아버지와 어머니가 계시고 형이 한 명, 그리고 귀여운 여동생이 한 명 있습니다.

⑪ 여: 닛쿤 씨, 여행을 좋아해요?
남: 네. 정말 좋아해요.
여: 그럼 우리 주말에 같이 설악산에 갈까요? 서울에서 고속버스를 타면 두 시간쯤 걸려요. 케이블카도 탈 수 있어요.
남: 와, 그래요? 같이 가요. 저도 케이블카를 타고 싶어요.

[12~13] 다음을 듣고 들은 내용과 같은 것을 고르세요.

⑫ 여: 다니엘 씨, 어서 들어오세요.
남: 초대해 줘서 고마워요. 집이 정말 예쁘네요.
여: 고마워요. 오늘 날씨가 덥지요?
남: 네. 좀 덥네요.
여: 여기 앉으세요. 시원한 주스를 마시면서 조금만 기다려 주세요.

⑬ 여: 저는 이번 휴가에 부산에 가려고 해요.
부산에서 어디에 가면 좋아요? 저는 부산을 잘 몰라요.
남: 부산에 가면 해운대에 한번 가 보세요.
바다가 아름답고 유명해요. 그리고 시장에서 파는 생선회도 꼭 먹어 보세요. 싸고 맛있어요.
여: 네. 고마워요.

[14~15] 다음을 듣고 물음에 답하세요.

남: 제니 씨, 방학이 언제부터예요?
여: 다음 주 월요일부터예요.
남: 뭐 할 거예요?
여: 전주에 사는 친구 집에 가려고 해요.
남: 전주요? 전주까지 어떻게 갈 거예요? 기차 탈 거예요?
여: 아니요. 고속버스 타고 갈 거예요. 표도 예매했어요.
남: 혼자 가요?
여: 아니요. 친구하고 같이 가요.
남: 아, 네. 전주에 가면 뭐 할 거예요?
여: 저는 전주에서 비빔밥을 꼭 먹고 싶어요. 민우 씨는 방학에 뭐 할 거예요?
남: 저는 아직 특별한 계획이 없어요.

9. 병원

9-1. 집에서 쉬고 싶어요

어휘 p. 14

1. 2) 눈 3) 귀 4) 입
   5) 코 7) 머리 8) 어깨
   9) 배 10) 다리 11) 발
   12) 손 13) 목

2. 1) 아프다 2) 배고프다
   3) 예쁘다 4) 바쁘다

3. 2) 배고프고 3) 예쁘고
   4) 쓰고 5) 나쁘고

문법과 표현 ❶ '—' 탈락 p. 16

1.

	-아요/어요	-았어요/었어요	-고
바쁘다	바빠요	바빴어요	바쁘고
나쁘다	나빠요	나빴어요	나쁘고
아프다	아파요	아팠어요	아프고
배고프다	배고파요	배고팠어요	배고프고
예쁘다	예뻐요	예뻤어요	예쁘고
쓰다	써요	썼어요	쓰고
끄다	꺼요	껐어요	끄고

2. 2) 배고파요, 배고파요 3) 바빠요, 바빠요
   4) 써요

3. 2) 나빴어요 3) 바빴어요
   4) 껐어요, 껐어요

4. 예
   1) 네. 좀 바빠요 2) 아니요. 배 안 고파요
   3) 예뻐요

문법과 표현 ❷ 動-고 싶다 p. 18

1. 2) 수영하고 싶어요
   3) 피자를 먹고 싶어요
   4) 영화를 보고 싶어요
   5) 축구하고 싶었어요
   6) 먹고 싶었어요

2. 2) 가고 싶어 해요
   3) 등산을 하고 싶어 했어요 / 산에 가고 싶어 했어요
   4) 먹고 싶어 했어요

3. 예
   1) 휴대폰을 받고 싶어요
   2) 6급까지 공부하고 싶어요
   3) 광화문에 가고 싶어요

9-2. 약을 먹고 푹 쉬세요

어휘 p. 20

1. 2) 머리가 아파요 / 열이 나요 3) 콧물이 나와요
   4) 목이 아파요

2.

건강에 좋아요.	건강에 나빠요.
운동해요.	술을 마셔요.
등산해요.	담배를 피워요.
손을 씻어요.	
과일을 먹어요.	
푹 쉬어요.	
우유를 마셔요.	

3. 2) 목이 많이 아파요 3) 손을 씻었어요
   4) 감기에 걸렸어요 5) 담배를 피워요

문법과 표현 ❸ 動-(으)세요 p. 22

1.

	-(으)세요		-(으)세요
쉬다	쉬세요	읽다	읽으세요
치다	치세요	앉다	앉으세요
주다	주세요	씻다	씻으세요
만나다	만나세요	청소하다	청소하세요
배우다	배우세요	운동하다	운동하세요

2. 2) 청소하세요 3) 앉으세요
   4) 입으세요 5) 드세요

4. 예
   1) 집에서 푹 쉬세요 2) 매일 공부하세요
   3) 편의점에서 사세요

문법과 표현 ❹ 動-지 마세요 p. 24

1. 2) 가지 마세요 3) 피우지 마세요
   4) 켜지 마세요

2.

	○/×	고쳐 쓰세요.
1) 이 빵을 먹으지 마세요.	×	먹지 마세요
2) 메일을 써지 마세요.	×	쓰지 마세요
3) 그 사람을 만나지 마세요.	○	
4) 여기에서 이야기해지 마세요.	×	이야기하지 마세요
5) 테니스를 쳐지 마세요.	×	치지 마세요

3.

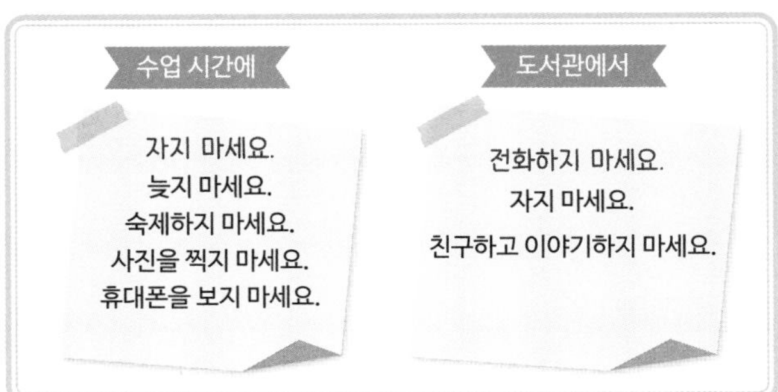

수업 시간에
자지 마세요.
늦지 마세요.
숙제하지 마세요.
사진을 찍지 마세요.
휴대폰을 보지 마세요.
도서관에서
전화하지 마세요.
자지 마세요.
친구하고 이야기하지 마세요.

4. 예
   1) 재미없어요. 읽지 마세요
   2) 커피를 많이 마시지 마세요
   3) 아이스크림을 먹지 마세요

10. 한국 생활

10-1. 저는 한국 문화를 좋아합니다

어휘 p. 28

1.

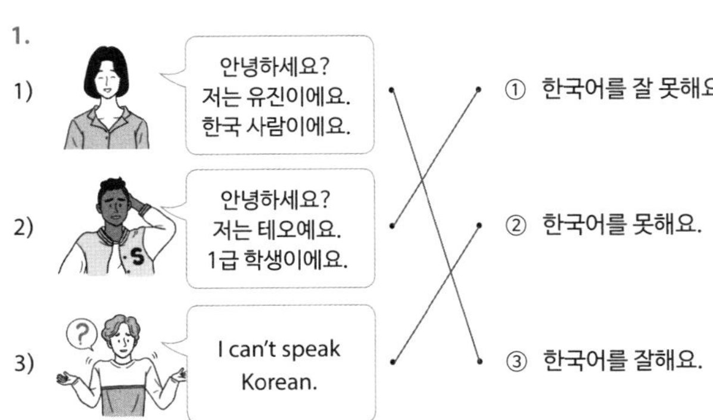

1)
안녕하세요?
저는 유진이에요.
한국 사람이에요.
2)
안녕하세요?
저는 테오예요.
1급 학생이에요.
3)
I can't speak
Korean.
① 한국어를 잘 못해요.
② 한국어를 못해요.
③ 한국어를 잘해요.

2. 1) 오전 2) 오후
   3) 회사에 다니 4) 계획이 없어요

3. 1) 열심히 2) 제일
   3) 잘 4) 보내요 / 보냈어요
   5) 받아요 / 받았어요

문법과 표현 ❶ 名 입니다, 名 입니까? p. 30

1.

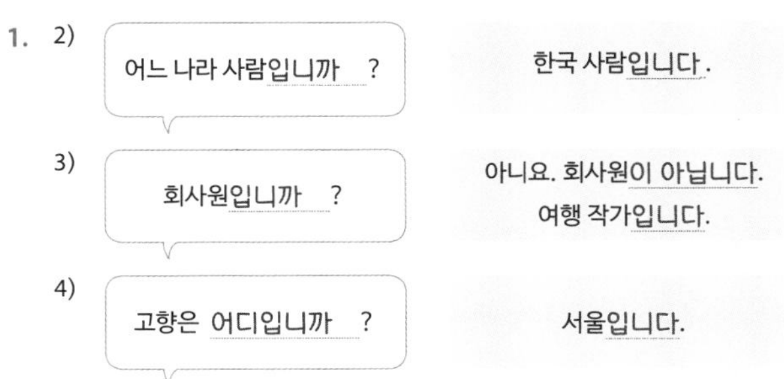

한국 사람입니다.

아니요. 회사원이 아닙니다.
여행 작가입니다.

고향은 어디입니까 ?
서울입니다.

2. 2) 누구입니까, 입니다
   3) 언제입니까, 입니다
   4) 어느 나라 사람입니까, 입니다

문법과 표현 ❷ 動形-ㅂ/습니다, 動形-ㅂ/습니까? p. 32

1.

	-ㅂ/습니다		-ㅂ/습니까?
가다	갑니다	쓰다	씁니까?
마시다	마십니다	흐리다	흐립니까?
바쁘다	바쁩니다	심심하다	심심합니까?
먹다	먹습니다	읽다	읽습니까?
좋다	좋습니다	많다	많습니까?
쉽다	쉽습니다	맵다	맵습니까?

2. 2) 옵니까, 안 옵니다, 맑습니다 / 좋습니다
   3) 갑니까, 갑니다, 쌉니다
   4) 안 무섭습니다, 재미있습니다

3. 2) 누구를 만납니까 3) 언제 밥을 먹습니까
   4) 어디에서 테니스를 칩니까

4. 예
   1) 친구를 만납니다 2) 부산에 가고 싶습니다
   3) 계획이 없습니다

10-2. 저는 작년 가을에 한국에 왔습니다

어휘 p. 34

1.

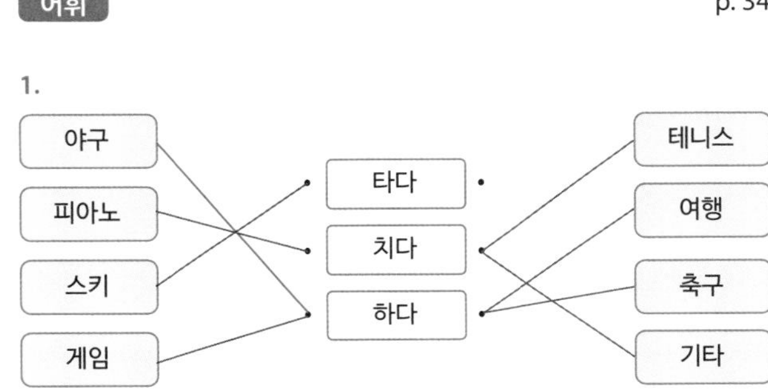

2. 2) 게임을 안 해요
3) 연습할까요
4) 사귀었어요, 사귀었어요

3. 2) 작년, 올해 3) 점심, 저녁
4) 지난주, 다음 주 5) 봄, 여름, 겨울
6) 오후 7) 이번 달, 다음 달

4. 예
1) 작년 가을에 한국에 왔어요
2) 네. 내년에도 한국에 있을 거예요
3) 친구하고 연습해요

문법과 표현 ❸ 動形-았습니다/었습니다, 動形-았습니까/었습니까? p. 36

1.

	-았습니다/었습니다		-았습니까/었습니까?
가다	갔습니다	읽다	읽었습니까?
좋다	좋았습니다	가르치다	가르쳤습니까?
먹다	먹었습니다	좋아하다	좋아했습니까?
흐리다	흐렸습니다	재미있다	재미있었습니까?
쉽다	쉬웠습니다	어렵다	어려웠습니까?
바쁘다	바빴습니다	쓰다	썼습니까?

2. 2) 무엇을 했습니까, 쉬었습니다
3) 왔습니까, 안 왔습니다, 흐렸습니다

3. 예

1)
어느 나라에서 왔습니까?
브라질에서 왔습니다.
2)
어제 무엇을 했습니까?
한국어를 공부했습니다.
3)
작년에 어디를 여행했습니까?
제주도에 갔습니다.
4)
언제 한국에 왔습니까?
지난달에 왔습니다.

문법과 표현 ❹ 動-(으)ㄹ 겁니다, 動-(으)ㄹ 겁니까? p. 38

1. 2) 할 겁니까, 일할 겁니다
3) 갈 겁니까, 요리할 겁니다
4) 다닐 겁니까, 다닐 겁니다
5) 한국어를 공부할 겁니까, 공부할 겁니다

2. 2) 왔습니다 3) 잘합니다
4) 였습니다 5) 합니다
6) 있습니다 7) 공부합니다
8) 먹습니다 9) 많습니다
10) 입니다 11) 만날 겁니다
12) 게임을 할 겁니다 13) 좋아합니다

3. 예
1) 친구를 만날 겁니다
2) 한강공원에 갈 겁니다
3) 내년 6월까지 공부할 겁니다

복습 5

어휘 p. 41

1. ④ 2. ③ 3. ①
4. ③ 5. ②

문법과 표현 p. 42

1. 바빠요 2. 사귀고 싶어요 3. 마십니다
4. 쉽니다 5. 공부할 겁니다 6. 배고파요
7. 한국 회사에서 일하고 싶습니다
8. (날씨가) 좋습니다
9. 한국에서 여행할 겁니다
10. 커피를 마시지 마세요
11. 주말에 보통 무엇을 합니까
12. 언제 한국에 왔습니까

듣기 p. 44

1. ② 2. ① 3. ③
4. ③ 5. ③ 6. ②
7. ① 8. ③ 9. ④
10. ① 11. ③ 12. ④
13. ④ 14. ② 15. ③

읽기 p. 46

1. ② 2. ③ 3. ②
4. ② 5. ④ 6. ④
7. ② 8. ④ 9. ②
10. ① 11. ① 12. ④
13. ③ 14. ④ 15. ④

말하기 p. 51

1. 예
1) 네. 바빠요.
2) 아니요. 자주 안 써요.
3) 불고기를 먹고 싶어요.
4) 명동에 가고 싶어요.

5) 병원에 가세요.
6) 열심히 공부하세요.
7) 아니요. 재미없어요. 보지 마세요.
8) 커피를 마시지 마세요.
9) 8월 11일입니다.
10) 수요일입니다.
11) 친구를 만납니다.
12) 흐립니다.
13) 집에서 책을 읽었습니다.
14) 일본에 갔습니다.
15) 한국어를 공부할 겁니다.
16) 여행을 할 겁니다.

11. 교통

11-1. 방학에 부산에 가려고 해요

어휘 p. 56

1. 2) 택시 3) 지하철
4) 비행기 5) 배
6) 기차

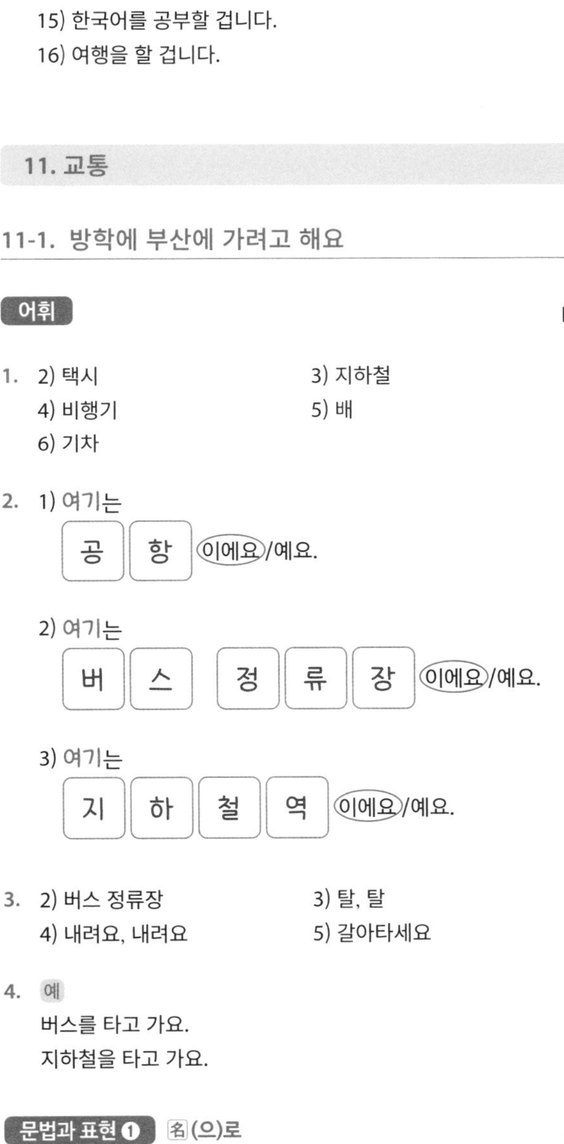

2. 1) 여기는 공 항 이에요/예요.
2) 여기는 버 스 정 류 장 이에요/예요.
3) 여기는 지 하 철 역 이에요/예요.

3. 2) 버스 정류장 3) 탈, 탈
4) 내려요, 내려요 5) 갈아타세요

4. 예
버스를 타고 가요.
지하철을 타고 가요.

문법과 표현 ❶ 名(으)로 p. 58

1. 2) 시청으로 3) 동대문으로
4) 여의도로 5) 서울대입구로
6) 고속터미널로 7) 잠실로

2. 2) 4호선으로 갈아타세요
3) 1호선으로 갈아타세요

3. 2) 지하철로 3) 교실로
4) 일본으로

문법과 표현 ❷ 動-(으)려고 하다 p. 60

1. 2) 농구하려고 해요 3) 빨래하려고 해요
4) 알아보려고 해요 5) 먹으려고 해요
6) 청소하려고 해요

2. 2) 사려고 했어요 3) 캠핑을 하려고 했어요
4) 읽으려고 했어요

11-2. 서울역에서 여기까지 10분쯤 걸립니다

어휘 p. 62

1. 2) 건너편 3) 이쪽
4) 박물관이에요 5) 건물

2. 2) 기다려요 3) 가까워요
4) 걸려요

3. 예
네. 가까워요.
제 왼쪽에는 마리 씨가 있어요.
제 오른쪽에는 테오 씨가 있어요.

문법과 표현 ❸ 名에서 名까지 p. 64

1. 2) 집에서 버스 정류장까지
3) 명동에서 강남까지
4) 서울에서 부산까지
5) 한국에서 몽골까지

2. 2) ① 집에서 학교까지 ② 집에서 백화점까지
3) ① 멕시코에서 미국까지 ② 미국에서 한국까지

3. 예
1) 네. 멀어요.
2) 5분쯤 걸려요.
3) 두 시간쯤 걸려요.

문법과 표현 ❹ 動-아야/어야 되다 p. 66

1.

	-아야/어야 돼요		-아야/어야 돼요
가다	가야 돼요	배우다	배워야 돼요
오다	와야 돼요	마시다	마셔야 돼요
만나다	만나야 돼요	운동하다	운동해야 돼요
신다	신어야 돼요	끄다	꺼야 돼요
쉬다	쉬어야 돼요	쓰다	써야 돼요

2. 2) 청소해야 돼요　　3) 갈아타야 돼요
4) 사야 돼요　　5) 읽어야 돼요
6) 기다려야 돼요　　7) 공부해야 돼요
8) 마셔야 돼요

12. 전화

12-1. 요즘 잘 지내지요?

어휘 p. 70

1. 2) 영상 통화를 하다　　3) 메시지를 받다
4) 지도를 찾아보다　　5) 메시지를 보내다
6) 전화를 받다

2. 가: 오늘도치킨 전화번호 알아요?
나: 네. 알아요. 공삼일의 팔공구사의 공칠일이에요.

가: 관악경찰서 전화번호 알아요?
나: 네. 알아요. 공이의 팔칠공의 공삼칠육이에요.

가: 사랑병원 전화번호 알아요?
나: 네. 알아요. 공이의 오구사의 칠구삼공이에요.

3. 2) 실례지만 누구세요　　3) 받았어요
4) 보냈어요　　5) 전화번호를

4. 예
공일공의 일이삼사의 오육칠팔이에요.
저는 메시지를 자주 보내요.
부모님하고 영상 통화를 해요.

문법과 표현 ❶ 動形-지요? p. 72

1. 2) 커피를 마시지요
3) 집이 지하철역에서 가깝지요
4) 한국 사람이지요
5) 작년에 한국에 왔지요
6) 아침을 먹었지요
7) 내일 오후에 산에 갈 거지요

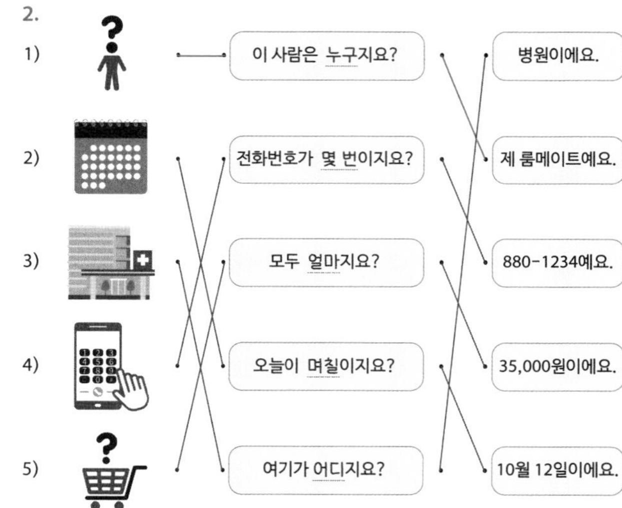

3. 예
1) 네. 재미있어요.
2) 아니요. 도서관에서 숙제를 했어요.
3) 2월 6일이에요.

문법과 표현 ❷ 動形-지만 p. 74

1.

	-지만		-았지만/었지만
먹다	먹지만	보내다	보냈지만
마시다	마시지만	사귀다	사귀었지만
어렵다	어렵지만	무섭다	무서웠지만
공부하다	공부하지만	찾아보다	찾아봤지만
배고프다	배고프지만	따뜻하다	따뜻했지만

2.
1) 저는 작년에 휴대폰을 샀지만　　① 전화를 안 받았어요.
2) 저는 영상 통화를 안 하지만　　② 메일 주소는 알아요.
3) 엥흐 씨가 물어봤지만　　③ 친구는 대답을 안 해요.
4) 사무실에 전화를 했지만　　④ 새 휴대폰을 또 사고 싶어요.
5) 김 선생님 전화번호는 모르지만　　⑤ 제 친구는 고향의 가족하고 매일 영상 통화해요.

3. 2) 이 책이 재미있지만 좀 어려워요
3) 머리가 아프지만 숙제를 해야 돼요
4) 약을 먹었지만 기침을 해요
5) 비가 왔지만 오늘은 안 와요
6) 있지만 냉장고는 없어요
7) 등산했지만 일요일에는 집에서 쉬었어요

4. 예
   1) 비싸요
   2) 공부해야 돼요
   3) 또 배고파요
   4) 가방이 있지만
   5) 피곤하지만
   6) 소고기는 먹지만

12-2. 약속이 있어서 못 갔어요

어휘 p. 76

1. 2) 준비해야 돼요
   3) 길이 막혀요
   4) 늦잠을 잤어요 / 잤습니다
   5) 점수가 안 좋아요
   6) 친구하고 놀아요
   7) 기분이 안 좋아요

2. 2) 그저께　3) 어제, 오늘　4) 모레는

3. 예
   모레 한국어 시험을 봐요.
   홍대에서 놀아요.
   옷을 준비해야 돼요.

문법과 표현 ③ 動形-아서/어서 p. 78

1.

	-아서/어서		-아서/어서
자다	자서	좋다	좋아서
사다	사서	멀다	멀어서
쉬다	쉬어서	맵다	매워서
막히다	막혀서	아프다	아파서
전화하다	전화해서	깨끗하다	깨끗해서

2.
1) 전화를 안 받아서 — ④ 문자를 보냈어요.
2) 운동을 좋아해서 — ⑤ 매일 스포츠 센터에 가요.
3) 빨리 가야 돼서 — ② 택시를 탔어요.
4) 미안하지만 부탁이 있어서 — ③ 전화했어요.
5) 한국 대학원에 다니고 싶어서 — ① 열심히 공부해요.

3. 2) 늦잠을 자서 수업에 늦었어요
   3) 시험을 준비해야 돼서 주말에 못 놀아요
   4) 한국 회사에서 일하고 싶어서 한국어를 배워요

4. 2) 푹 쉬어서
   3) 재미있어서 두 번 봤어요
   4) 커피를 많이 마셔서 못 잤어요

5. 예
   시험공부를 해야 돼서 못 쉬었어요.
   배가 안 고파서 점심을 안 먹었어요.
   한국에서 대학교에 다니고 싶어서 한국어를 공부해요.

문법과 표현 ④ 名 (이)라서 p. 80

1. 2) 모레가 설날이라서
   3) 그 사람은 축구 선수라서
   4) 요즘 세일 기간이라서
   5) 내일이 주말이라서

2. 2) 친구라서　3) 밤이라서　4) 내일이 시험이라서

3. 2) 크리스 씨 생일이라서 파티를 했어요
   3) 비빔밥이 맛있어서 많이 먹었어요
   4) 날씨가 더워서 아이스크림을 먹었어요
   5) 바람이 많이 불어서 잠을 못 잤어요
   6) 가수라서 매일 노래를 연습해요

복습 6

어휘 p. 83

1. ②　2. ③　3. ③
4. ②　5. ①

문법과 표현 p. 84

1. 교실로
2. 등산해요 / 등산했어요 / 등산할 거예요.
3. 주말이라서
4. 두 시간
5. 왔지만
7. 한국 회사에 다니고 싶어서 한국어를 열심히 공부해요
8. 저는 한국 음식을 좋아하지만 김치를 못 먹어요
9. 길이 막혀서 늦게 왔어요
10. 지하철을 타고 갈 거예요
11. 전화번호가 어떻게 되세요
12. 방학에 뭐 할 거예요 / 하려고 해요

듣기 p. 86

1. ①　2. ③　3. ①
4. ②　5. ③　6. ④
7. ④　8. ③　9. ②
10. ④　11. ③　12. ④
13. ④　14. ③　15. ②

읽기 p. 88

1. ④ 2. ③ 3. ④
4. ③ 5. ② 6. ④
7. ① 8. ③ 9. ④
10. ③ 11. ③ 12. ①
13. ② 14. ④ 15. ②

말하기 p. 93

1. 예
   1) 네. 집으로 가요.
   2) 2층으로 가세요.
   3) 고향에 가려고 해요.
   4) 미안해요. 시간이 없어요. 모레 여행을 가려고 해요.
   5) 세 시간쯤 걸려요.
   6) 버스를 타고 가요.
   7) 약을 먹어야 돼요.
   8) 옷을 준비해야 돼요.
   9) 네. 재미있어요.
   10) 8월 27일이에요.
   11) 맛있지만 좀 매워요.
   12) 전화를 했지만 안 받았어요.
   13) 한국어를 공부하고 싶어서 한국에 왔어요.
   14) 맛있어서 자주 가요.
   15) 주말이라서 사람이 많아요.
   16) 가수라서 노래를 잘해요.

13. 옷과 외모

13-1. 싸고 예쁜 옷이 많아요

어휘 p. 98

1. 2) 짧아요 3) 커요
   4) 키가 작아요 5) 높아요
   6) 산이 낮아요

2.

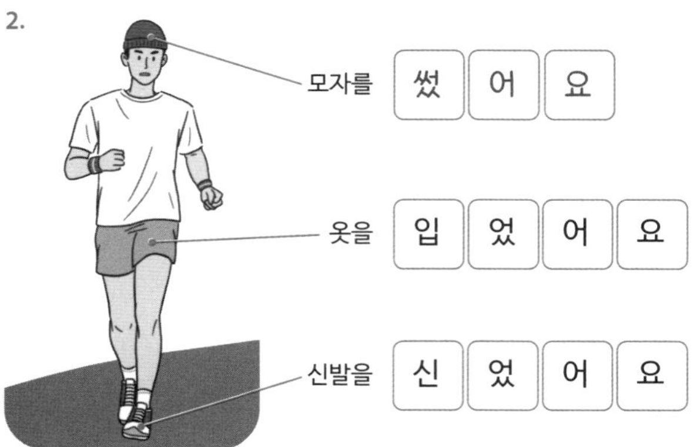

3. 2) 길어요 3) 높아요
   4) 입으세요 5) 신으세요
   6) 키가 커요, 키가 작아요

문법과 표현 ❶ 動形-네요 p. 100

1. 2) 재미있네요 3) 조용하네요
   4) 맛있네요 5) 많네요
   6) 춥네요

2. 2) 읽네요 3) 그리네요
   4) 왔네요 5) 먹었네요

문법과 표현 ❷ 形-(으)ㄴ 名 p. 102

1.

	-(으)ㄴ		-(으)ㄴ
흐리다	흐린	덥다	더운
바쁘다	바쁜	무겁다	무거운
예쁘다	예쁜	어렵다	어려운
많다	많은	귀엽다	귀여운
높다	높은	재미있다	재미있는
낮다	낮은	맛있다	맛있는

2. 2) 비싼 / 좋은 3) 따뜻한
   4) 가벼운

3. 예
   2) 귀여운 필통을 사고 싶어요
   3) 재미있는 영화를 보고 싶어요
   4) 맑고 따뜻한 날씨를 좋아해요

4. 예
   1) 똑똑한 사람을 좋아해요
   2) 매운 음식을 자주 먹어요
   3) 무서운 영화를 봤어요

13-2. 긴 바지를 자주 입어요

어휘 p. 104

1.

바지 치마 티셔츠 원피스

코트 구두 운동화

2. 2) 불편해요 3) 두꺼운, 얇은

3. 2) 한복을, 한복이 3) 편해요
4) 불편하 5) 얇아요

문법과 표현 ❸ 'ㄹ' 탈락 p. 106

1.

	-아요/어요	-네요	-ㅂ니다/습니다
알다	알아요	아네요	압니다
놀다	놀아요	노네요	놉니다
살다	살아요	사네요	삽니다
팔다	팔아요	파네요	팝니다
열다	열어요	여네요	엽니다
불다	불어요	부네요	붑니다
만들다	만들어요	만드네요	만듭니다
길다	길어요	기네요	깁니다
멀다	멀어요	머네요	멉니다

2.

	O/X	고쳐 쓰세요.
1) 동생이 강아지하고 놀네요.	X	노네요
2) 학교에서 집까지 먼니다.	O	
3) 그 사람을 알습니까?	X	압니까
4) 저는 길은 바지를 좋아해요.	X	긴
5) 저는 서울에서 혼자 살습니다.	X	삽니다

3. 2) 만들 3) 긴
4) 멉니까, 멉니다

문법과 표현 ❹ 動-는 名 p. 108

1.

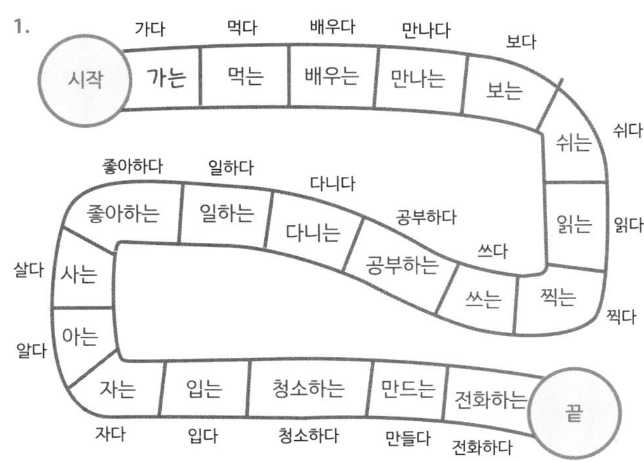

2. 2) 다니는 3) 보는
4) 가는 5) 먹는

14. 초대와 약속

14-1. 우리 집에 축구 보러 오세요

어휘 p. 112

1. 2) 선물을 주다 3) 축하하다
4) 파티하다 5) 식사하다

2. 2) 축하해요 3) 식사하
4) 선물을 받았어요 5) 늦었어요
6) 양복을 입

3. 예
1) 지갑을 받았어요
2) 우리 반 친구들을 초대할 거예요

문법과 표현 ❶ 動-(으)러 가다/오다 p. 114

1.

	-(으)러 가요/와요		-(으)러 가요/와요
먹다	먹으러 가요	여행하다	여행하러 가요
읽다	읽으러 가요	축구하다	축구하러 가요
찍다	찍으러 가요	식사하다	식사하러 가요
만나다	만나러 가요	놀다	놀러 가요
배우다	배우러 가요	만들다	만들러 가요

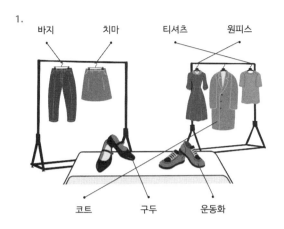

2. 2) 읽으러 가요　3) 보러 가요
4) 배우러 왔어요

3.

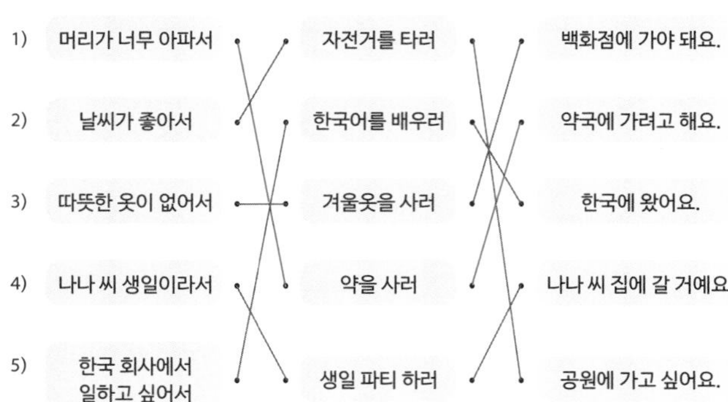

문법과 표현 ❷ 動-(으)ㄹ 수 있다/없다　p. 116

1.

	-(으)ㄹ 수 있어요/없어요		-(으)ㄹ 수 있어요/없어요
먹다	먹을 수 있어요	타다	탈 수 있어요
읽다	읽을 수 있어요	치다	칠 수 있어요
입다	입을 수 있어요	빌리다	빌릴 수 있어요
요리하다	요리할 수 있어요	보내다	보낼 수 있어요
운전하다	운전할 수 있어요	놀다	놀 수 있어요
수영하다	수영할 수 있어요	만들다	만들 수 있어요

2. 2) 한국어를 할 수 있어요
3) 할 수 없었어요
4) 갈 수 없었어요

3. 예
1) 네. 먹을 수 있어요.
2) 아니요. 할 수 없어요.
3) 네. 그릴 수 있어요.
4) 네. 혼자 볼 수 있어요.
5) 아니요. 할 수 없어요.
6) 네. 같이 놀 수 있어요.
7) 아니요. 말할 수 없어요.
8) 한 개만 할 수 있어요.
9) 케이크를 만들 수 있어요.
10) 8시까지 갈 수 있어요.

14-2. 주스를 마시면서 기다리고 있어요

어휘　p. 118

1. 2) 춤추다　3) 들어가다
4) 함께　5) 울다
6) 웃다

2. 2) 친한　3) 울어요
4) 함께　5) 춤추러
6) 들어와요　7) 웃었어요

3. 예
집에서만 춤춰요.
집 근처에 맛있는 식당이 있어요. 친구하고 같이 자주 가요.
제 한국 친구예요. 아주 똑똑한 사람이에요.

문법과 표현 ❸ 動-고 있다　p. 120

1. 2) 자고 있어요　3) 먹고 있어요
4) 춤추고 있어요　5) 살고 있어요
6) 공부하고 있어요

2. 2) 웃고 있어요　3) 노래하고 있어요
4) 케이크를 먹고 있어요　5) 피아노를 치고 있어요

문법과 표현 ❹ 動-(으)면서　p. 122

1.

	-(으)면서		-(으)면서
먹다	먹으면서	가다	가면서
읽다	읽으면서	쉬다	쉬면서
웃다	웃으면서	치다	치면서
입다	입으면서	기다리다	기다리면서
준비하다	준비하면서	만들다	만들면서

2. 2) 콜라를 마시면서 영화를 봐요
3) 햄버거를 먹으면서 일해요
4) 노래하면서 청소해요
5) 울면서 전화해요
6) 책을 읽으면서 쉬어요

3. 2) 치면서 노래하고 있어요
3) 보면서 만들었어요

복습 7

어휘　p. 125

1. ④　2. ②　3. ②
4. ④　5. ③

문법과 표현 p. 126

1. 긴	2. 불편한	3. 마시면서
4. 제가	5. 가요	7. 좋은
8. 비가 오는	9. 웃고 있는	10. 가까운

11. 제가 좋아하는 과일은 사과예요
12. 네. 춤을 추면서 노래할 수 있어요
13. 지금 어디에 삽니까
14. 무서운 영화를 좋아해요

듣기 p. 128

1. ③	2. ④	3. ②
4. ①	5. ②	6. ④
7. ④	8. ④	9. ②
10. ③	11. ①	12. ②
13. ③	14. ④	15. ②

읽기 p. 130

1. ②	2. ④	3. ③
4. ④	5. ①	6. ④
7. ②	8. ①	9. ③
10. ④	11. ③	12. ①
13. ②	14. ③	15. ④

말하기 p. 135

1. 예
    1) 시계가 싸네요.
    2) 많이 먹었네요.
    3) 무서운 영화를 좋아해요.
    4) 깨끗하고 큰 집에서 살고 싶어요.
    5) 네. 멉니다.
    6) 고향 음식을 자주 만듭니다.
    7) 제가 자주 만나는 친구는 자밀라 씨예요.
    8) 제가 좋아하는 과일은 귤이에요.
    9) 친구를 만나러 커피숍에 가요.
    10) 한국어를 배우러 한국에 왔어요.
    11) 홍대에서 살 수 있어요.
    12) 아니요. 할 수 없어요.
    13) 한국어를 공부하고 있어요.
    14) 학교 근처에서 살고 있어요.
    15) 아니요. 공부하면서 휴대폰을 안 봐요.
    16) 네. 책을 보면서 요리해요.

15. 가족

15-1. 아버지는 산에 자주 가세요

어휘 p. 140

1.

남자		여자	
할아버지	남편	딸	할머니
아버지	오빠	아내	어머니
형	아들	누나	언니

2.
1) 우리 할아버지의 아들이에요. — ③ 아버지
2) 우리 아버지하고 어머니예요. — ④ 부모님
3) 우리 어머니의 아버지예요. — ① 할아버지
4) 우리 아버지의 아내예요. — ② 어머니
5) 우리 아버지의 어머니예요. — ⑤ 할머니

3.

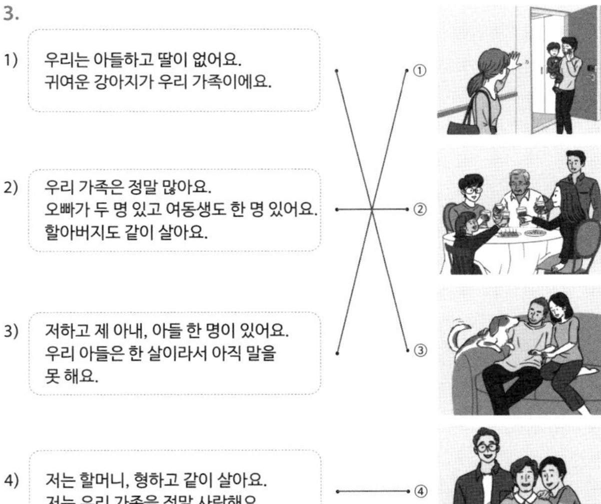

1) 우리는 아들하고 딸이 없어요.
귀여운 강아지가 우리 가족이에요.
2) 우리 가족은 정말 많아요.
오빠가 두 명 있고 여동생도 한 명 있어요.
할아버지도 같이 살아요.
3) 저하고 제 아내, 아들 한 명이 있어요.
우리 아들은 한 살이라서 아직 말을
못 해요.
4) 저는 할머니, 형하고 같이 살아요.
저는 우리 가족을 정말 사랑해요.
①
②
③
④

4. 예
서울에서 살아요.
언니하고 제일 많이 이야기해요.

문법과 표현 1 動形-(으)세요, 名(이)세요 p. 142

1. 2) 군인이세요 3) 쉬세요
4) 책을 읽으세요 5) 일하세요
6) 사세요 7) 바쁘세요
8) 테니스를 치세요

2. 2) 이세요
3) 사세요
4) 좋아하세요
5) 보세요
6) 오고 싶어 하세요

3. 2) 하세요, 일하세요, 치세요
3) 크세요, 크세요, 크세요
4) 가세요, 집에 가요

문법과 표현 ❷ 名한테/께 p. 144

1. 2) 에릭 씨한테
3) 마리 씨한테
4) 사무실에

2. 2) 동생은 저한테 선물을 줬어요
3) 남편은 아내한테 꽃을 줬어요
4) 학생은 선생님께 책을 드렸어요
5) 제니는 서울대학교에 이메일을 보냈어요

15-2. 부모님이 한국에 오실 거예요

어휘 p. 146

1.

저, 동생, 친구	부모님, 선생님
1) 이름	① 분
2) 집	② 생신
3) 나이	③ 성함
4) 사람/명	④ 연세
5) 생일	⑤ 댁
6) 먹다	⑥ 계시다
7) 마시다	⑦ 드시다
8) 있다	⑧ 주무시다
9) 자다	

2. 2) 댁
3) 연세를, 연세가
4) 댁, 계세요
5) 한 분 계세요
6) 댁, 안 계세요
7) 드세요
8) 드세요
9) 주무세요

문법과 표현 ❸ 動形-(으)셨어요, 動-(으)실 거예요 p. 148

1.

	-(으)셨어요	-(으)세요	-(으)실 거예요
가다	가셨어요	가세요	가실 거예요
읽다	읽으셨어요	읽으세요	읽으실 거예요
먹다	드셨어요	드세요	드실 거예요
자다	주무셨어요	주무세요	주무실 거예요
있다	계셨어요	계세요	계실 거예요

2. 2) 오셨어요, 주무실 거예요
3) 일하셨어요
4) 바쁘셨어요, 드셨어요

3. 2) 저하고 점심을 드셨어요
3) 테니스를 치셨어요
4) 꽃을 사러 가셨어요
5) 할머니한테 꽃을 주셨어요

4. 2) 찾아보실 거예요
3) 오실 거예요
4) 배우실 거예요

문법과 표현 ❹ 'ㄷ' 불규칙 p. 150

1.

	듣다	걷다
-고	듣고	걷고
-아요/어요	들어요	걸어요
-(으)세요	들으세요	걸으세요
-아야/어야 돼요	들어야 돼요	걸어야 돼요
-(으)ㄹ 수 있어요	들을 수 있어요	걸을 수 있어요

2.

	○/×	고쳐 쓰세요.
1) 오늘 비가 와서 좀 슬픈 노래를 들고 싶어요.	×	듣고 싶어요
2) 오후에 공원에서 좀 걷으려고 해요.	×	걸으려고 해요
3) 가족들도 한국 음악을 자주 들습니까?	×	듣습니까
4) 아버지는 회사에 걸어서 가세요.	○	
5) 어제 할아버지는 노래를 듣으셨어요.	×	들으셨어요
6) 저는 음악을 들으면서 공부해요.	○	
7) 구두가 너무 불편해서 걷을 수 없어요.	×	걸을 수 없어요
8) 지금 공원에서 걸고 있는 사람은 제 남동생이에요.	×	걷고 있는

3. 예
1) 한국 노래를 자주 듣습니다.
2) 네. 걸어서 와요.
3) 아니요. 못 들었어요.
4) 저는 빨리 걸어요.
5) 9시부터 수업을 들어요.
6) 네. 저는 보통 음악을 들으면서 공부해요.
7) 네. 걸어요.
8) 아니요. 안 들어요.
9) 아니요. 걸으면서 물을 못 마셔요.
10) 아니요. 안 들으세요.

16. 여행

16-1. 여기에서 사진을 좀 찍어 주세요

어휘 p. 154

1.

1) 서울에서 출발해요.

2) 제주도에 도착해요.

4) 집으로 돌아가요.

2.

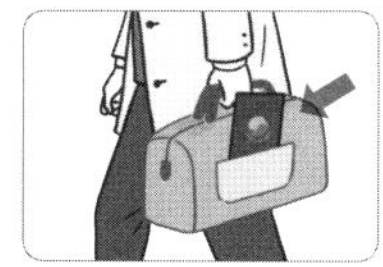
1) 여권(이)/ 가 있어요.

2) 돈을 바꿔요 .

4) 돈을 찾아요 .

3. 2) 출발해요, 출발해요 3) 돈을 바꾸러
4) 돌아갈 거예요 5) 보여요

문법과 표현 ❶ 動-아/어 주세요 p. 156

1.

	-아/어 주세요		-아/어 주세요
가다	가 주세요	요리하다	요리해 주세요
오다	와 주세요	청소하다	청소해 주세요
사다	사 주세요	열다	열어 주세요
읽다	읽어 주세요	만들다	만들어 주세요
찍다	찍어 주세요	쓰다	써 주세요
바꾸다	바꿔 주세요	끄다	꺼 주세요

2. 2) 빌려주세요 3) 만들어 주세요
4) 청소를 좀 해 주세요

3. 2) 사 주세요 3) 기다려 주세요
4) 써 주세요 5) 열어 주세요
6) 찍어 주세요

문법과 표현 ❷ 動-아서/어서 p. 158

1. 2) 가서 3) 일어나서
4) 그려서 5) 요리해서
6) 출발해서

2. 2) 백화점에 가서 쇼핑했어요
3) 케이크를 만들어서 줬어요
4) 샌드위치를 사서 먹으려고 해요
5) 친구를 만나서 커피숍에 갈 거예요

3. 예
친구하고 이태원에 가서 놀았어요.
도서관에 가서 숙제할 거예요.
공원에 가서 운동해요.

16-2. 시간이 있으면 여기에 꼭 가 보세요

어휘 p. 160

1. 2) 아름답 3) 특별한 4) 유명한
5) 조용한 6) 한가해요

2. 2) 특별한 3) 한가한 4) 유명한

문법과 표현 ❸ 動形-(으)면 p. 162

1.

1)	피곤하면	①	창문을 닫을까요?
2)	친구를 만나면 보통	②	집에서 쉬세요.
3)	추우면	③	같이 차를 마셔요.
4)	피자를 다 만들면	④	바다로 여행을 갈까요?
5)	날씨가 좋으면	⑤	친구하고 같이 먹을 거예요.

2.

	○/×	고쳐 쓰세요.
1) 한국에 가면 명동에 갔어요.	×	갈 거예요
2) 저는 커피를 마셔면 못 자요.	×	마시면
3) 친구를 만나면 같이 영화를 볼 거예요.	○	
4) 아파면 병원에 가야 돼요.	×	아프면
5) 나나 씨 전화번호를 알으면 가르쳐 주세요.	×	알면

3. 2) 시험이 끝나면
3) 친구가 한국에 오면
4) 구두가 불편하면

문법과 표현 ❹ 動-아/어 보세요 p. 164

1.

	-아/어 보세요		-아/어 보세요
가다	가 보세요	배우다	배워 보세요
오다	와 보세요	마시다	마셔 보세요
읽다	읽어 보세요	만들다	만들어 보세요
신다	신어 보세요	듣다	들어 보세요
먹다	먹어 보세요	쓰다	써 보세요

2. 2) 가 보세요 3) 먹어 보세요 4) 써 보세요

3. 2) 앉아 보세요 3) 들어 보세요 4) 배워 보세요

복습 8

어휘 p. 167

1. ① 2. ② 3. ③
4. ② 5. ③

문법과 표현 p. 168

1. 사서 2. 추우면 3. 계세요
4. 드렸어요 5. 들어 보세요 6. 하세요
7. 쉬세요 8. 써 주세요 9. 먹고
10. 앉아서
11. 어제 친구를 만나서 같이 수영장에 갔어요
12. 날씨가 안 추우면 산에 갈까요
13. 어제 숙제를 하고 텔레비전을 봤어요
14. 일어나서 커피를 마셔요
15. 따뜻한 우유를 마셔 보세요

듣기 p. 170

1. ① 2. ② 3. ③
4. ② 5. ① 6. ①
7. ④ 8. ② 9. ①
10. ② 11. ① 12. ③
13. ④ 14. ③ 15. ②

읽기 p. 172

1. ① 2. ③ 3. ④
4. ① 5. ③ 6. ④
7. ② 8. ③ 9. ②
10. ② 11. ② 12. ④
13. ① 14. ④ 15. ①

말하기 p. 177

1. 예
1) 책을 읽고 계세요.
2) 모두 다섯 명이에요.
3) 친구한테 메시지를 자주 보내요.
4) 부모님께 꽃을 선물했어요.
5) 네. 다음 달에 한국에 오실 거예요.
6) 네. 김 선생님이 한국어를 가르치셨어요.
7) 네. 걸어서 가요.
8) 한국 노래를 자주 들어요.
9) 숙제를 도와주세요.
10) 책을 받고 싶어요.
11) 아침에 일어나서 커피를 한 잔 마셔요.
12) 아니요. 김밥을 사서 먹을 거예요.
13) 시간이 있으면 캠핑하고 싶어요.
14) 방학을 하면 친구 집에서 지낼 거예요.
15) 네. 우리 고향에는 불고기가 유명해요. 한번 먹어 보세요.
16) 네. 재미있어요. 한번 보세요.

집필진 編寫團隊

장소원 張素媛 Chang Sowon	서울대학교 국어국문학과 교수 首爾大學韓國語文學系教授 파리 5대학교 언어학 박사 巴黎第五大學語言學博士
김수영 金秀映 Kim Sooyoung	서울대학교 언어교육원 대우교수 首爾大學語言教育院待遇教授 한국외국어대학교 프랑스어학 박사 韓國外國語大學法語語學博士
김미숙 金美淑 Kim Misook	서울대학교 언어교육원 대우전임강사 首爾大學語言教育院待遇專任講師 이화여자대학교 한국학 박사(한국어교육) 梨花女子大學韓國學博士（韓國語教育）
백승주 白昇周 Baek Seungjoo	서울대학교 언어교육원 대우전임강사 首爾大學語言教育院待遇專任講師 이화여자대학교 한국학 박사(한국어교육) 梨花女子大學韓國學博士（韓國語教育）

번역 翻譯

이수잔소명 Lee Susan Somyung	통번역가 口筆譯者 서울대학교 한국어교육학 석사 首爾大學韓國語教育學碩士

번역 감수 翻譯審定

손성옥 Sohn Sung-Ock	UCLA 아시아언어문화학과 교수 UCLA 亞洲語言文化學系教授

감수 內部審定

김은애 Kim Eun Ae	전 서울대학교 언어교육원 대우교수 前首爾大學語言教育院待遇教授

자문 外部審定

한재영 韓在永 Han Jae Young	한신대학교 명예교수 韓神大學名譽教授
최은규 崔銀圭 Choi Eunkyu	전 서울대학교 언어교육원 대우교수 前首爾大學語言教育院待遇教授

도와주신 분들 其他協助者

디자인 設計	(주)이츠북스 ITSBOOKS
삽화 插圖	(주)예성크리에이티브 YESUNG Creative
녹음 錄音	미디어리더 Media Leader

首爾大學韓國語 +1B 練習本 / 首爾大學語言教育院著；
林侑毅翻譯 . -- 初版 . -- 臺北市：日月文化出版股份有限
公司 , 2024.12
200 面；21X28 公分 . --（EZKorea 教材；27）

ISBN 978-626-7516-52-2（平裝）

1.CST: 韓語 2.CST: 讀本

803.28　　　　113014738

EZKorea 教材 27

首爾大學韓國語 +1B 練習本

作　　者：首爾大學語言教育院
翻　　譯：林侑毅
編　　輯：郭怡廷
校　　對：何羽涵、陳金巧
封面製作：初雨有限公司（ivy_design）
內頁排版：唯翔工作室
部分圖片：shutterstock
行銷企劃：張爾芸

發 行 人：洪祺祥
副總經理：洪偉傑
副總編輯：曹仲堯
法律顧問：建大法律事務所
財務顧問：高威會計師事務所

出　　版：日月文化出版股份有限公司
製　　作：EZ 叢書館
地　　址：臺北市信義路三段 151 號 8 樓
電　　話：(02) 2708-5509
傳　　真：(02) 2708-6157
客服信箱：service@heliopolis.com.tw
網　　址：http://www.heliopolis.com.tw/
郵撥帳號：19716071 日月文化出版股份有限公司

總 經 銷：聯合發行股份有限公司
電　　話：(02) 2917-8022
傳　　真：(02) 2915-7212
印　　刷：中原造像股份有限公司
初　　版：2024 年 12 月
定　　價：380 元
I S B N：978-626-7516-52-2